MEIN BILD

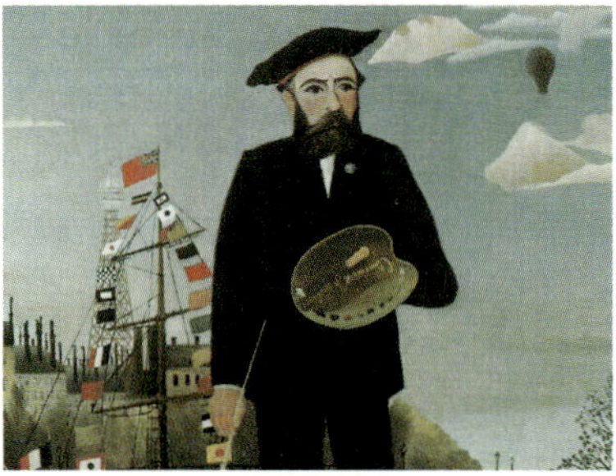

Angela Wenzel

Henri Rousseau: Die schlafende Zigeunerin

Ein rotfuchs Kunstsachbuch

Rowohlt Taschenbuch Verlag

rororo rotfuchs Kunstsachbuch
herausgegeben von Ute Blaich

Originalausgabe
Veröffentlicht im Rowohlt Taschenbuch Verlag
GmbH, Reinbek bei Hamburg, Oktober 1999

Reihenkonzeption und Redaktion Ute Blaich
Umschlaggestaltung Barbara Hanke
Umschlagbild «Die schlafende Zigeunerin» (Ausschnitt),
The Museum of Modern Art, New York
Typographie und Layout Constanze Hinz
Reproduktion Grafische Werkstatt
Christian Kreher, Hoisdorf
Satz Perpetua PostScript, QuarkXPress 3.32
Gesamtherstellung Clausen & Bosse, Leck
Printed in Germany
ISBN 3 499 20975 6

Die Schreibweise entspricht den Regeln
der neuen Rechtschreibung.

«Sehen, was man sieht.»

Le Corbusier

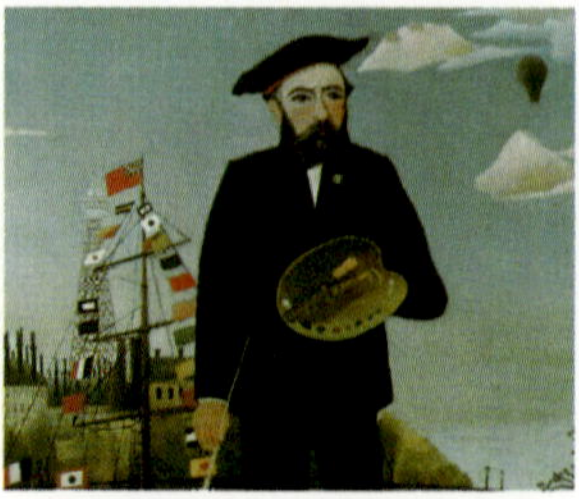

Von Rainer für Sabine
Weihnachten 99

Inhalt

Magische Begegnung 10

Doppelleben 14

Rousseaus Frauen 23

Bestandsaufnahme 26

Paris, Paris 36

Exotisches aus fernen Ländern 43

Träume vom Paradies 53

Gerüchte und Legenden 66

Löwen, Tiger und anderes Getier 68

Das Atelier 73

«Wilde» gegen den «Salon» 76

Viel Spott und etwas Lob 85

Bewunderer 87

Ein Bankett 104

Traum und Wirklichkeit 111

Zöllner und Zauberer 113

Zeittafel 118

Bildmaterial 121

Textmaterial 125

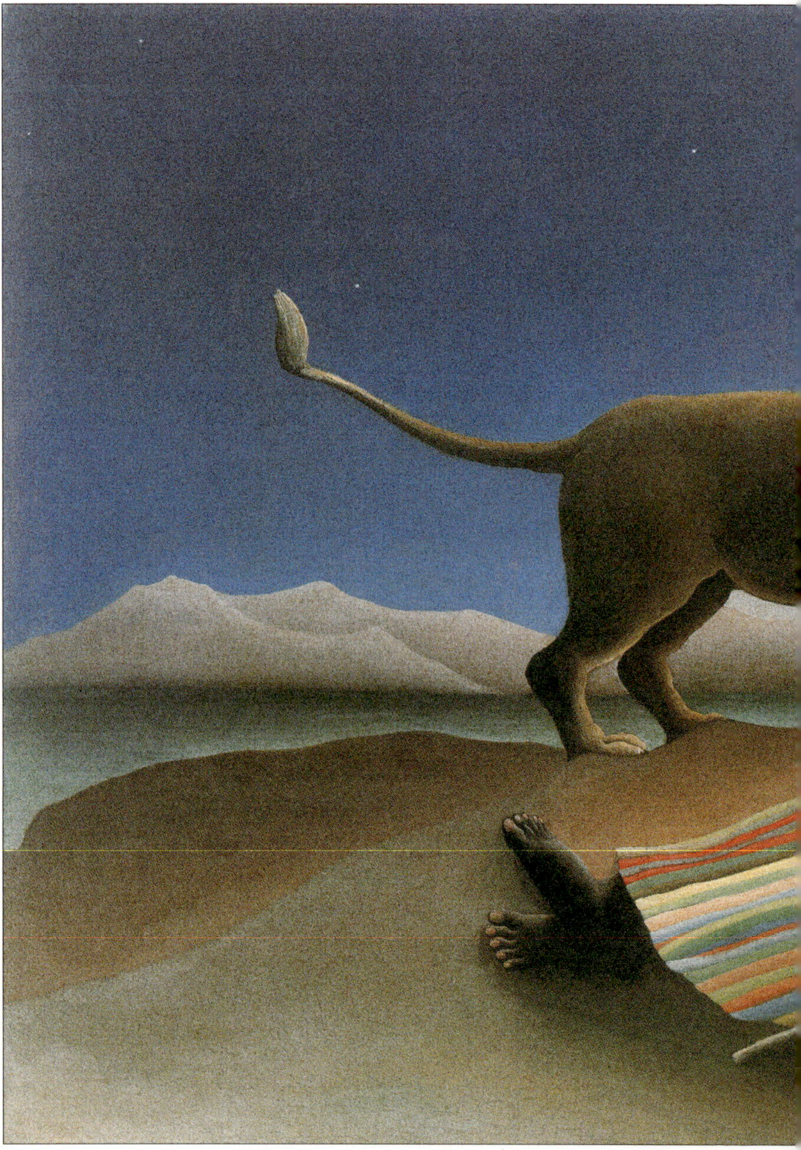

Rousseau malte die schlafende Zigeunerin mit Ölfarben auf Leinwand.

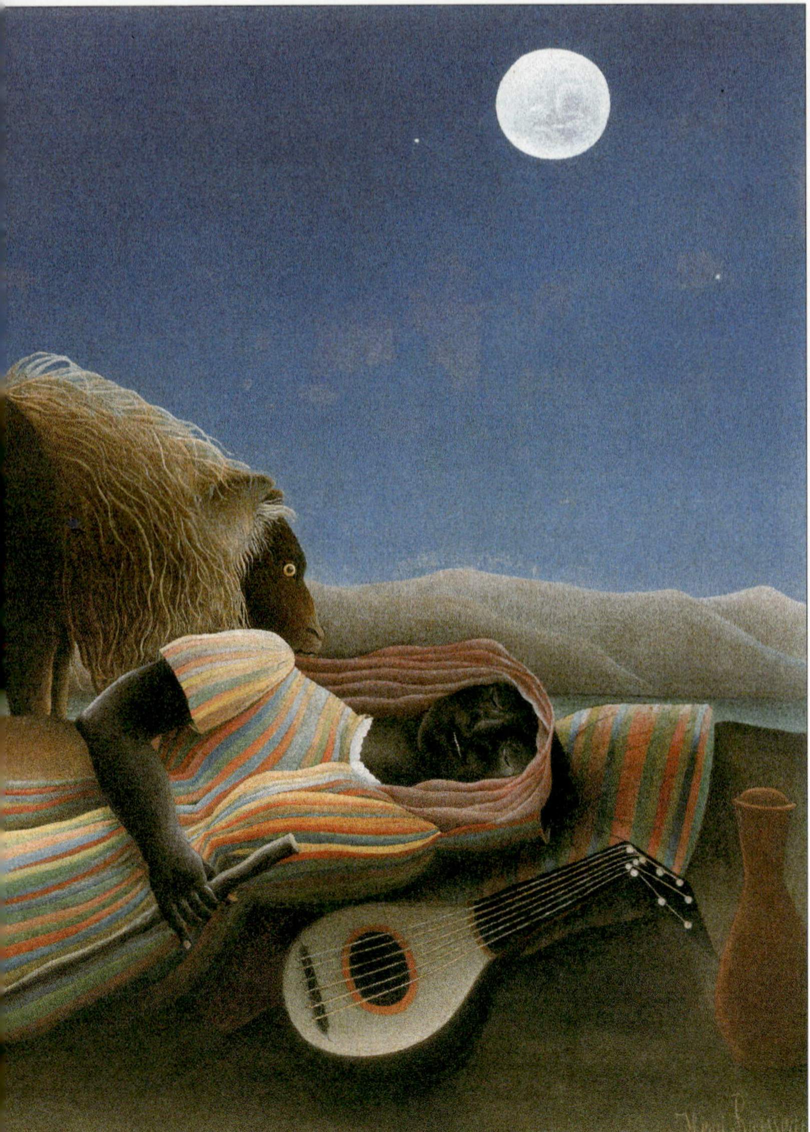

Magische Begegnung

Es ist Nacht in der Wüste im Morgenland. Eine Nacht, in der das Unmögliche möglich wird. Nichts regt sich. Kein Laut ist zu hören. Der klare Himmel leuchtet unergründlich von durchsichtigem Porzellanblau bis zu tiefem Blaugrün. Vor einer kargen Bergkette weitet sich eine grün schimmernde Wasserfläche. Die Luft ist gläsern und kühl. Das silberne Licht des Vollmondes hebt die Umrisse aller Dinge scharf und doch sanft mit hellen und dunklen Linien hervor. Es beleuchtet eine zauberhafte Szene.

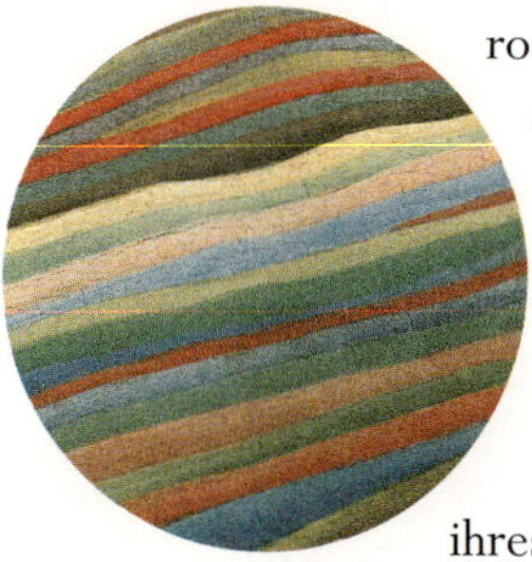

Auf dem dürren Boden ruht ausgestreckt eine dunkelhäutige, barfüßige Wanderin, den Wanderstab noch in der Hand. Sie trägt ein wunderschönes Gewand mit Streifen in den Farben des Regenbogens. Aus dem gleichen Stoff ist die Matte, auf die sie sich gebettet hat. Den auf ihren linken Arm gestützten Kopf umhüllt ein gefälteltes rosafarbenes Tuch. An den Körper der Frau geschmiegt liegt ihre Mandoline, davor steht ein Krug, wohl mit Wasser für die anstrengende Reise. Die Erschöpfte schläft mit nur halb geschlossenen Augen. Auch ihr Mund ist leicht geöffnet, als lächele sie im Traum.

Ist es das Mondlicht, das den Regenbogen ihres Kleides so leuchten lässt, oder leuchtet es aus sich selbst heraus? Ist der Löwe nur ein Traumbild oder ist er aus Fleisch und Blut?

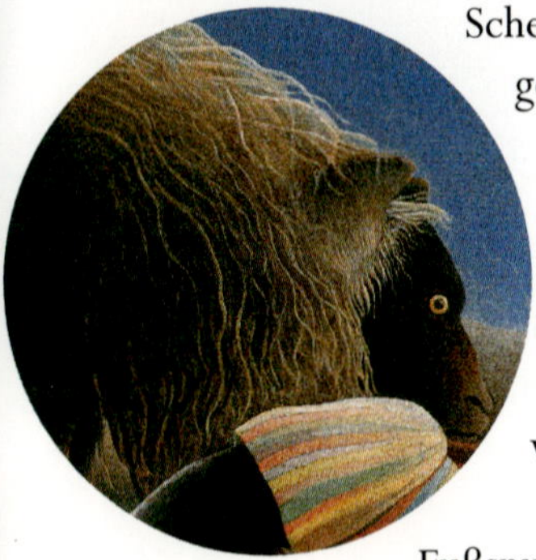

Scheu bleibt er vor ihr stehen. Eine geheimnisvolle Kraft verbindet beide und hält das wilde Tier zugleich zurück. Sein gelbes Auge blickt die Frau unverwandt an. Er wird es nicht wagen, sie anzurühren. Sie ist unverletzlich.

Seltsam, im Sand sind keine Fußspuren zu erkennen. Niemand ist dort gegangen. Ist das merkwürdige Paar eine Fata Morgana oder vom Himmel herabgeschwebt?

Dieses Bild, das den Titel «Die schlafende Zigeunerin» trägt, gibt jedem, der es sieht, Rätsel auf. Niemand kann sich seinem Geheimnis entziehen, niemand kann es erklären. Vielleicht will es auch niemand, denn gerade dieses Geheimnis macht seine Schönheit aus. Berühmte Menschen haben darüber geschrieben. Zum Beispiel der französische Dichter und Filmregisseur Jean Cocteau:

«Wir befinden uns in der Wüste. Der Traum führt die im Vordergrund ruhende Zigeunerin weit von uns fort, oder besser gesagt, er trägt sie herbei, wie die Fata Morgana den Fluss nach vorn rückt, davor einen Löwen, der die Schlummernde zwar wittern, aber nicht erreichen kann. Vielleicht aber träumt sie von diesem Löwen, diesem Fluss? Welch Friede waltet! Das Geheimnis glaubt sich allein und gibt sich unverhüllt preis ... Von wo mag das herabgefallen sein? Vom Monde ... Die Zigeunerin ist dort nicht gegangen. Sie ist da. Und sie ist nicht da. Sie weilt nicht dort, wo Menschen sind.»

Ein Brief

«Die schlafende Zigeunerin» zählt zu den Meisterwerken aus einem der größten und bekanntesten Museen der Welt, dem Museum of Modern Art in New York. Dort gehört es seit 1939 zur Sammlung und zieht alle Ausstellungsbesucher in seinen Bann.

Der Mann, der es vor ungefähr hundert Jahren malte, bot es dem Bürgermeister seiner Heimatstadt vergeblich zum Kauf an. Er schickte ihm diesen Brief:

10. Juli 1898

Sehr geehrter Herr Bürgermeister,

Ich habe die Ehre, diese wenigen Zeilen an Sie zu richten als Ihr Mitbürger, der aus eigener Kraft Künstler wurde und wünscht, dass seine Geburtsstadt eines seiner Werke besitze. So schlage ich Ihnen vor, dass Sie mein Bild *Die schlafende Zigeunerin* kaufen, das 2,60 × 1,90 m groß ist. Eine umherirrende Negerin, die Mandoline spielt, ihren Krug neben sich (eine Vase mit Trinkwasser), schläft in tiefer Erschöpfung. Ein Löwe kommt zufällig des Weges, beschnuppert sie, aber verschlingt sie nicht. Die Szene spielt in einer vollkommen trockenen Wüste. Die Zigeunerin ist orientalisch gekleidet.

Ich würde Ihnen das Bild für 2000–1800 Franc überlassen, denn ich wäre glücklich, wenn die Stadt Laval eine Erinnerung an einen ihrer Söhne besitzen würde.

In der Hoffnung, dass mein Angebot eine günstige Aufnahme finde, seien Sie, Herr Bürgermeister, meiner vorzüglichen Hochachtung versichert.

Henri Rousseau
Kunstmaler
3, rue de Vercingétorix
Paris

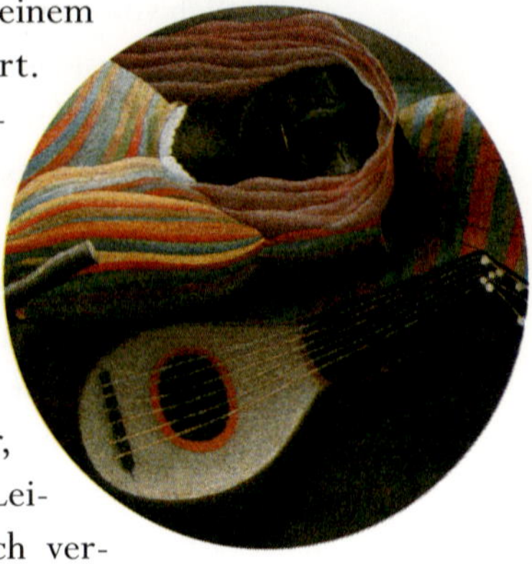

Henri Rousseau wurde erst nach seinem Tod in aller Welt berühmt und verehrt. Ein einziges Mal hatte er «Die schlafende Zigeunerin» in eine große Ausstellung gegeben. Nach seinem Tod war sie verschollen, bis ein Kunstfreund sie dreizehn Jahre später wieder entdeckte. Die einen behaupten, bei einem Kohlenhändler, die anderen, bei einem Klempner. Leider war das Bild da schon ziemlich verschmutzt und beschädigt. Der Kunsthändler Daniel-Henry Kahnweiler, der große Künstler wie Pablo Picasso entdeckte, bevor irgendjemand etwas von ihnen wissen wollte, kaufte es, ließ die Leinwand und die Farben wieder herrichten. Lange aber ging das Gerücht um, «Die schlafende Zigeunerin» sei eine Fälschung und nicht das Bild, das Rousseau gemalt und dem Bürgermeister angepriesen hatte.

Doppelleben

So wie «Die schlafende Zigeunerin» von einem Schleier des Geheimnisses umgeben ist, verhält es sich auch mit ihrem Schöpfer Henri Rousseau.

Der Mann führte ein seltsames Doppelleben. Er lebte in kleinbürgerlichen Verhältnissen und sehnte sich danach, mit seinen Bildern berühmt zu werden. Schon zu seinen Lebzeiten stritten sich seine Bekannten, Freunde und Feinde, Kunstkenner und Kunstkritiker darüber, was sie eigentlich von ihm halten sollten. Die einen hielten ihn für einen Sonntagsmaler und grauenhaften Stümper, die anderen für einen der großen Meister des Jahrhunderts. Die einen glaubten, er sei völlig naiv und auch ein bisschen dumm, die anderen meinten, er sei klug. Das könne man schließlich an den Bildern sehen. Die einen verspotteten ihn als Spinner, die anderen verehrten ihn als Genie.

Bis heute können sich Kenner von Rousseaus Leben und Werk nicht einigen. Dass er ein großer Maler war, der viele gute, neue, ungewöhnliche Ideen von der Malerei hatte, ist inzwischen unbestritten. Sammler und Museen rissen sich schon bald nach seinem Tod um seine Bilder. Heute sind sie entweder unverkäuflich oder kaum jemand kann sie bezahlen.

Für die meisten Zeitgenossen aber war Rousseau nur ein malender Zöllner. Lange Jahre verdiente er sein Brot beim Stadtzoll von Paris. Außerdem komponierte, musizierte und dichtete er gern. Das machte vor allem seinen Freunden und Nachbarn Spaß, aber niemand nahm es sonderlich ernst. Als «Henri le Douanier», als Henri

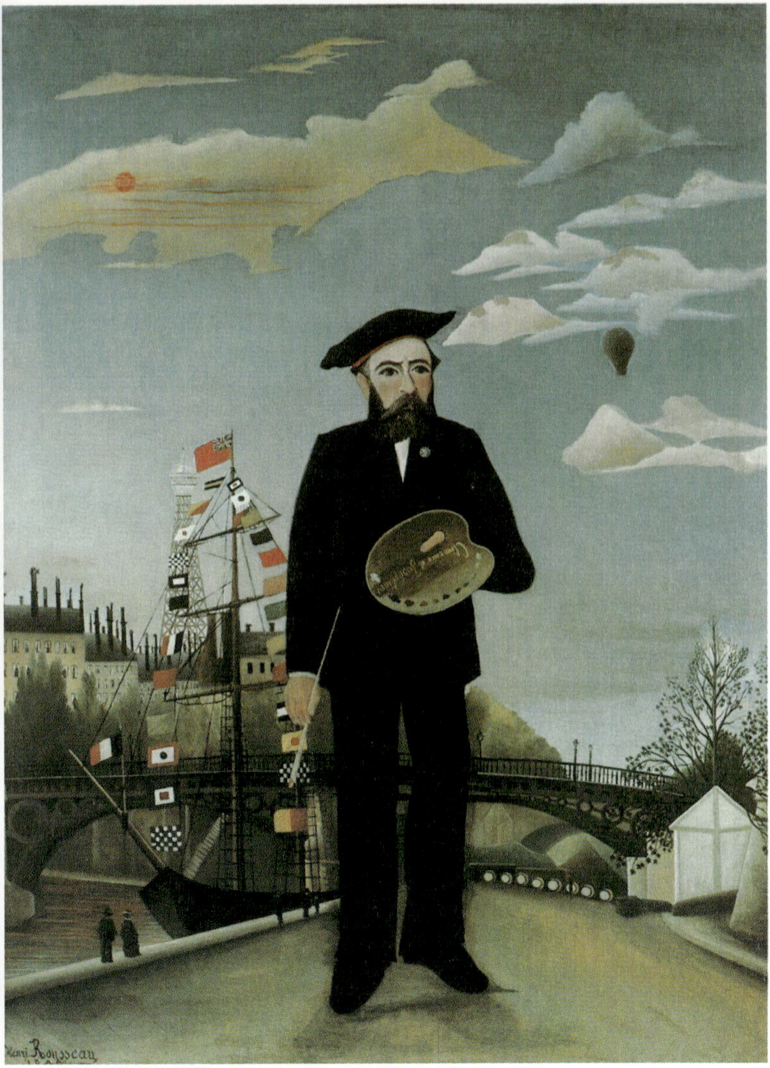

Selbstbildnis als Künstler mit Palette und Barett

der Zöllner, ist Rousseau auch in die Geschichte eingegangen.

Ein Selbstbildnis aus dem Jahre 1890, da war er 46 Jahre alt, zeigt, wie er sich selber sah. Damals arbeitete er noch beim Stadtzoll und nur in seiner Freizeit als Maler. 1886 hatte er zum ersten Male an einer Ausstellung teilgenommen. Wann genau er aber wirklich mit dem Malen angefangen hatte, weiß niemand.

Mitten in Paris

Rousseau präsentiert sich in voller Größe. Bildnisse in ganzer Figur waren damals nur hoch gestellten, sehr wichtigen Persönlichkeiten vorbehalten. Er schien sich selbst also bereits als einen bedeutenden Mann einzuschätzen. Sein üppiger Bart unterstreicht das würdevolle Aussehen. Mit großem Ernst steht er da. Aber offenbar nicht fest mit beiden Beinen auf der Erde, fast scheint er zu schweben. Zunächst hatte er seine Figur wohl größer angelegt. Neben den Beinen und unter den Füßen sind noch übermalte Stellen zu ahnen. Gemälde vieler

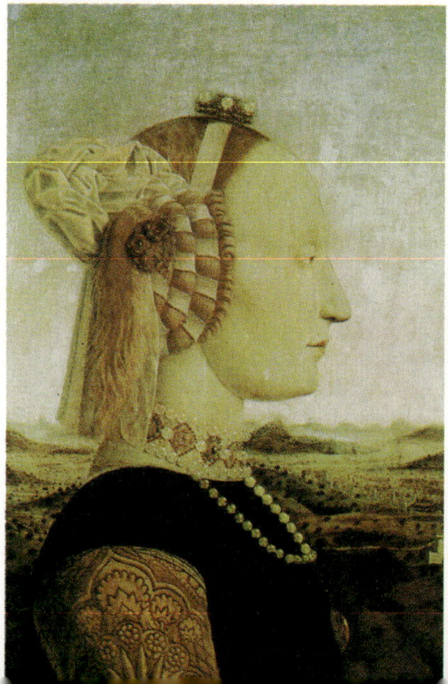

großer Maler zeigen solche «Reuespuren». Man kann nie alles im Bild vorher genau festlegen. Die ursprünglichen Vorstellungen ändern sich eben manchmal mit der Arbeit.

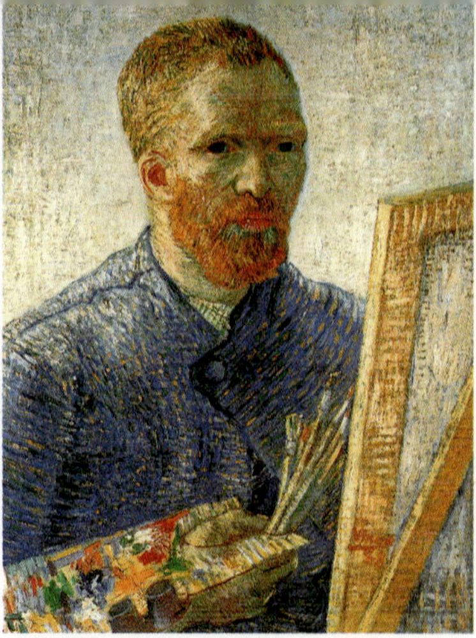

Vincent van Gogh: Selbstbildnis

Rousseau malte sich nicht etwa, wie man das von anderen Malern kennt, zu Hause im Atelier. Vielleicht noch mit Staffelei, Leinwand und einem Spiegel, in dem er sich selbst beobachten konnte.

Nein, Rousseau malte sich mitten in Paris. Die Idee der Kombination von Bildnis und Landschaft, die er noch oft anwendete, nannte er *Porträt-Landschaft*. Er glaubte, etwas ganz Neues damit erfunden zu haben. Aber er war keineswegs der Erste. Schon 500 Jahre zuvor hatte Piero della Francesca das Doppelbildnis des Herzogs Federigo da Montefeltro und seiner Gemahlin Battista Sforza mit einer Landschaftsansicht kombiniert.

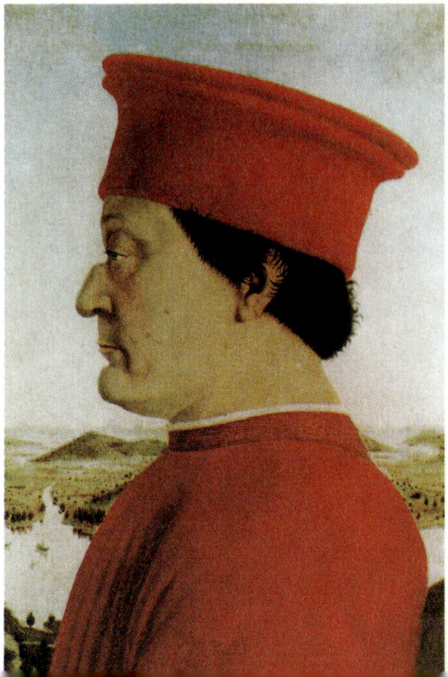

Ehepaar von Piero della Francesca

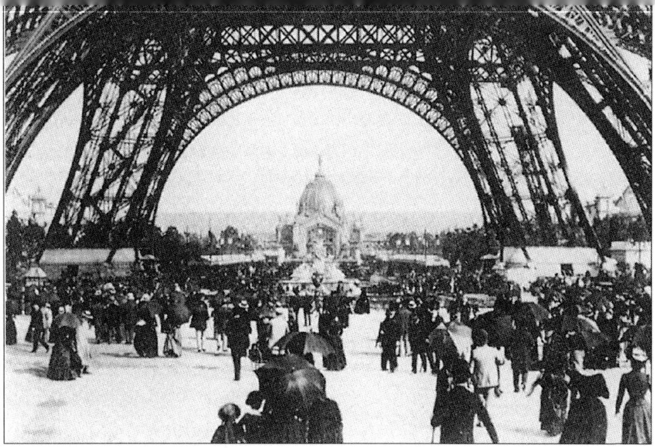

Besucher der Weltausstellung 1889 unterm Eiffelturm

Turm und Technik

Wahrscheinlich war für Rousseau die Stadt Paris wichtiger als sein Atelier. Man erkennt sie gleich am Eiffelturm. Der war 1890 gerade ein Jahr fertig. Damals fanden viele Leute den Turm hässlich. Ein rohes Bauwerk, technisch und nackt, fast ohne die Schnörkel, die man früher so liebte. Als «riesige Hutnadel über den Dächern der Stadt» wurde der Turm beschimpft, als «widerwärtige Säule aus genietetem Eisenblech». Einige berühmte Schriftsteller, Architekten, Musiker und Maler (darunter der Romanautor Émile Zola) hatten sogar eine Bittschrift gegen seine Aufstellung verfasst. Rousseau aber gehörte zu den ersten Malern, die es wagten, dieses Ungetüm ins Bild zu bringen.

Ganz aus Stahl und Eisen, vom Ingenieur Gustave Eiffel entworfen, sollte der Turm mit seinen 300 Meter Höhe zur Weltausstellung in Paris 1889 die technischen Glanzleistungen Frankreichs vor Augen führen.

Rousseau schien er von Anfang an zu gefallen. Überhaupt fand der Maler neue Errungenschaften der Technik interessant. Der Ballon auf Rousseaus Gemälde war ja damals längst nichts Neues mehr. Schon 100 Jahre zuvor war ein tollkühner Ballonfahrer mit dem Fallschirm abgesprungen. Dieses Ereignis hatte den Maler Ingres so stark beeindruckt, dass er das Porträt einer Freundin vor einer Stadtkulisse mit dem Ballon und dem Fallschirmspringer am Himmel zeichnete.

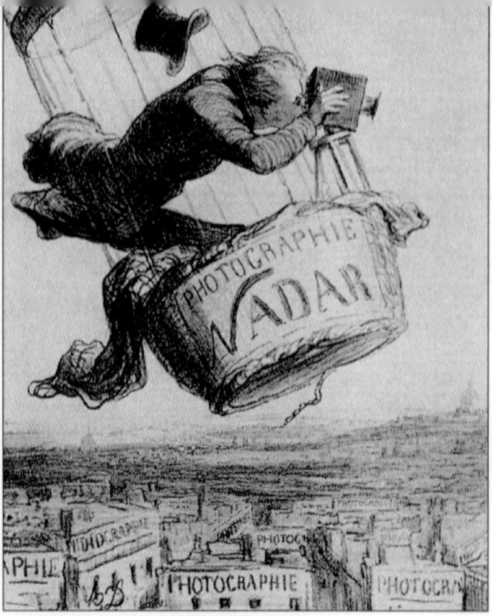

Nadar in einer Karikatur

Der Fotograf Nadar hatte vom Ballon aus kühne Fotos von Paris gemacht.

Auf anderen Stadtansichten ließ Rousseau Luftschiffe und Doppeldeckerflugzeuge fliegen.

Auf seinem Selbstporträt kann man Paris auch an der Seine, der geschwungenen gusseisernen Brücke und den Häusern mit den typischen Schornsteinen erkennen. Lustig und bunt flattern Wimpel des Schiffes am Ufer. Es fährt unter britischer Flagge. Die anderen Fähnchen sind zum Teil Seezeichen, die Rousseau aus einem Lexikon abschaute, und manche sind einfach erfunden.

Dagegen setzt sich feierlich der tiefschwarze Anzug des Malers ab. Uniform und Kopfbedeckung der Zöllner trägt er hier nicht. Stattdessen posiert er mit Künstlerbarett. Wie 300 Jahre zuvor der große Rembrandt in einem seiner berühmten Selbstbildnisse.

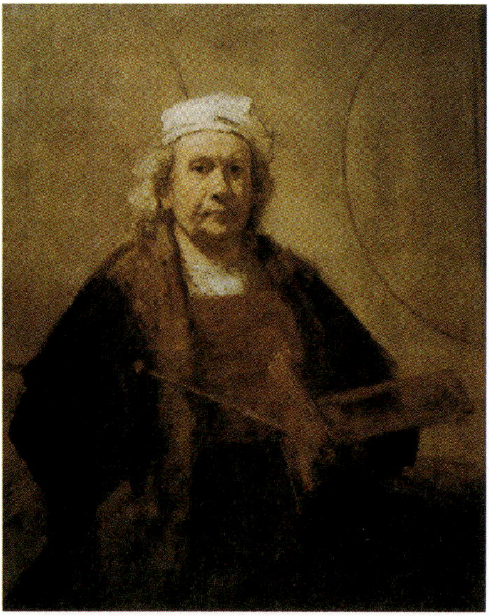

Rembrandt mit Barett und Palette

Stolz trägt Rousseau im Knopfloch die «akademischen Palmen». Eine Auszeichnung, die er als Lehrer an der «Académie philotechnique», einer Art Volkshochschule in seinem Wohnviertel, erhalten hat. Trotz allem sieht er aber nicht eitel und eingebildet aus. In der linken Hand hält er die Palette mit säuberlich angeordneten Farben und rechts einen in Rot getauchten Pinsel. Damit drückt er ganz deutlich aus: Sein eigentlicher Beruf ist der eines Kunstmalers.

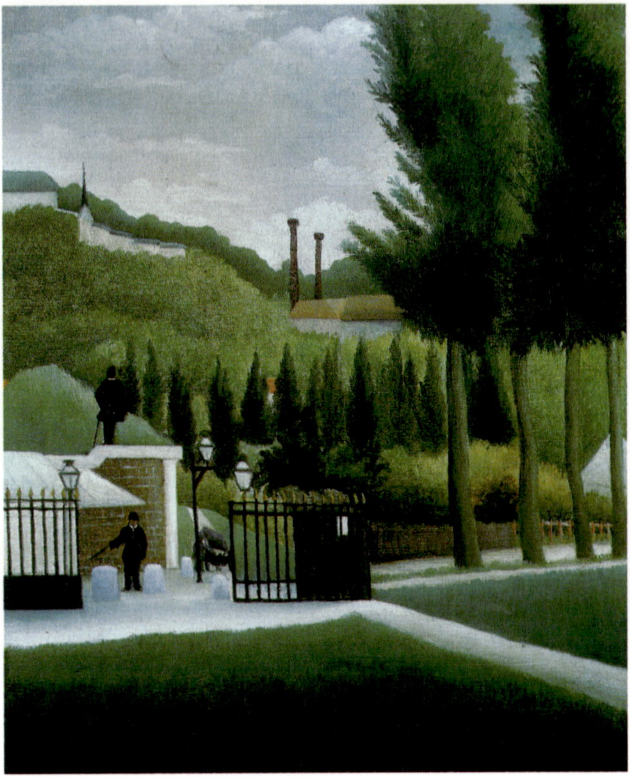

Ob einer der Zöllner Rousseau selbst ist?

Zöllner und Zollamt

Als Zöllner soll er sich nicht besonders angestrengt haben. Stadtzöllner mussten zu Rousseaus Zeiten an den Toren von Paris und den Anlegestellen der Schiffe die Waren, die dort umgeschlagen wurden, kontrollieren und Steuern kassieren. Rousseau fand diese Aufgabe wohl eher langweilig.

Er verbrachte seine Zeit viel lieber mit Zeichnen und Malen. Sein Bild «Das Zollamt» strotzt nur so von saftigem Grün in sämtlichen Schattierungen. Rousseau hat dafür alle Register der Kunst des Farbmischens gezogen. Die Skala reicht vom schmelzenden Dunkelgrün des Rasens vorn, das langsam ins halb durchsichtige helle Grün übergeht, über Grün, vermischt mit Graublau rechts neben dem weißen Weg, bis zu kräftigem Gelbgrün. Zum Hintergrund hin werden die Grüntöne immer gedämpfter, mit einem hauchzarten weißen Schleier überzogen. Ein Kunstgriff, um räumliche Tiefe ins Bild zu bekommen. Auch in der Natur schwächt die Luft die Farben der entfernt liegenden Dinge ab. Luftperspektive heißt das in der Fachsprache der Künstler.

Man kommt sich fast vor wie auf dem Lande, wären da nicht die strengen Eisentore und Lampen und weiter hinten Fabrikschornsteine. Alles sieht ordentlich und gepflegt aus. Sogar die Bäume stehen in Reih und Glied. Aufrecht wie die Spitzen des Eisentores, die Laternen, die Schornsteine und die beiden Zöllner.

Rousseaus Frauen

Auf Rousseaus Palette in seinem Selbstbildnis sind zwei Frauennamen zu lesen: Clémence und Joséphine. Clémence hieß seine erste Frau, die er 1869, mit 25 Jahren, heiratete. Die beiden bekamen neun Söhne und Töchter. Aber nur die Tochter Julia blieb am Leben.

Obwohl Clémence sieben Jahre jünger war als ihr Mann, starb sie schon 1888. Aus tiefer Liebe zu ihr hatte Rousseau für sie einen Walzer komponiert. Die Literatur- und Musikakademie Frankreichs verlieh ihm dafür sogar ein Diplom.

Elf Jahre nach Clémences Tod heiratete Rousseau Joséphine. Das Paar (nächste Seite) ist allerdings nicht allein. In den Wolken schweben der Kopf des Malers in jün-

Aus glücklichen Tagen: um 1884 malte Rousseau sich und Clémence.

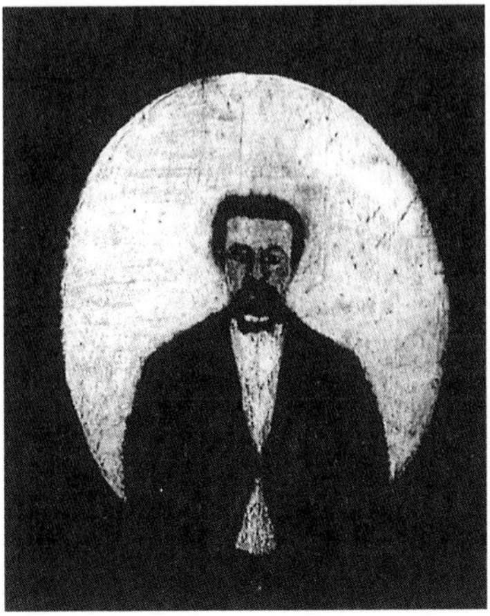

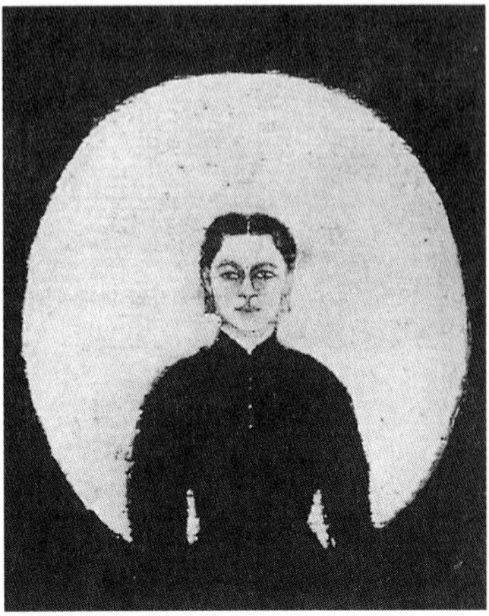

geren Jahren und der Kopf von Clémence. Als er 1890 mit diesem Bild begann, sollte es ganz anders aussehen. Schließlich kannte er Joséphine damals noch nicht. Nach seiner zweiten Heirat übermalte er es einfach.

Henri und Joséphine Rousseau stehen inmitten einer Wiese mit Blumen und Bäumen. Er reicht ihr einen kleinen Strauß Wiesenblumen. Über das blühende Bäumchen vor den beiden schlingt sich eine Efeuranke quer über das Bild zur Kastanie im Hintergrund. Sie verbindet das Paar wie eine Hochzeitsgirlande. Der immergrüne Efeu ist ein Zeichen für beständige Liebe, treue Freundschaft und Unsterblichkeit.

«Gegenwart und Vergangenheit» nannte der Maler sein Bildnis. Clémence vergaß er nie. Er übermalte seine Bilder oft noch nach Jahren. Sie sollten sich zusammen mit ihm und seinem Leben verändern. Joséphines Namen konnte er auf der Palette in dem Selbstbildnis von 1890 auch erst später eintragen. Im Original erkennt man, dass dort vorher ein anderes Wort gestanden hatte. Ob es der eigene Vorname oder «Marie» war, der Name einer Frau, die Rousseau 1892 kennen gelernt hatte, ist nicht mehr festzustellen. Seine Auszeichnung im Knopfloch, die «akademischen Palmen», malte er 1901 in sein Selbstporträt, direkt nachdem er sie verliehen bekommen hatte.

Weil Rousseau seine Bilder so häufig überarbeitete, ist es manchmal schwierig festzustellen, wann sie wirklich entstanden sind.

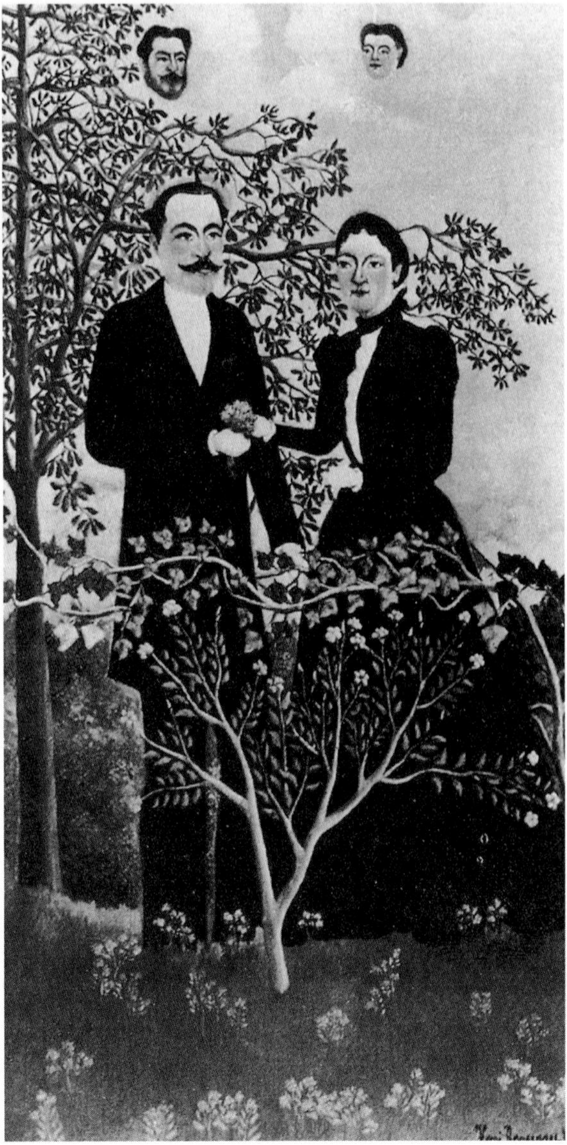

Ein Beweis der Treue

Bestandsaufnahme

Einiges über das Leben des Henri Julien Félix Rousseau lässt sich aber doch mit Sicherheit sagen.

Er wird am 21. Mai 1844 in der kleinen bretonischen Stadt Laval geboren. Sein Vater, ein Blechschmied, heißt Julien Rousseau, seine Mutter Eléonore. Er hat noch drei ältere Schwestern und einen kleinen Bruder. Im Gymnasium bekommt er Preise, weil er so gut zeichnen und singen kann. Sonst ist er aber nur ein mittelmäßiger Schüler und muss mehr als einmal eine Klasse wiederholen. Rousseau verlässt die Schule ohne Abschluss. 1863 wird er vom Militärdienst befreit und findet eine Anstellung bei einem Anwalt in Angers. Wegen eines kleinen Diebstahls wird er vor Gericht gestellt. Um der Besserungsanstalt zu entgehen, verpflichtet er sich für sieben Jahre bei der Armee, muss aber trotzdem einen Monat im Gefängnis verbringen.

Rousseau als junger Mann

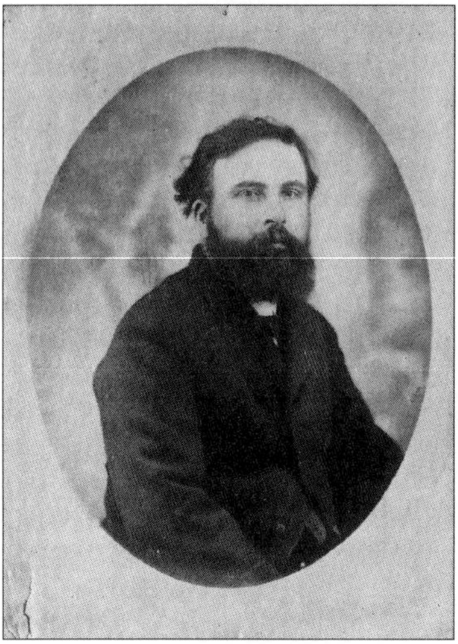

In seinen Militärpapieren wird er folgendermaßen beschrieben: *Größe: 1,65 m. Gesichtsform: oval. Stirn: rund. Augenfarbe: dunkelbraun. Nase: mittelgroß. Mund: mittelgroß. Kinn: rund. Haarfarbe und Augenbrauenfarbe: dunkelkastanienbraun. Besondere Kennzeichen: Verletzung am linken Ohr.*

1868 stirbt sein Vater. Weil er angibt, seine Mutter unterstützen zu müssen, wird Rousseau aus dem Militärdienst entlassen. Er zieht nach Paris und arbeitet als Büroangestellter bei einem Gerichtsvollzieher. Bald verlobt er sich mit Clémence. Am 14. August 1869 wird Hochzeit gefeiert.

Jahre mit Clémence

Im Juli 1870, kurz nach der Geburt eines Sohnes, muss Rousseau zu seinem Regiment zurück, das in Dreux stationiert ist: Der französische Kaiser Napoleon III. hat Preußen den Krieg erklärt. Allerdings wird Rousseau nicht an die Front geschickt und darf im September schon wieder nach Hause zurück. Am 17. Januar 1871 stirbt sein Sohn, knapp acht Monate alt. Im Dezember leistet Rousseau den Amtseid als Zollbeamter beim Pariser Stadtzoll. 1871 fängt er wahrscheinlich auch mit dem Malen an. 1872 wird er zum zweiten Male Vater. Im Juli kommt seine Tochter Antonine-Louise zur Welt, 1874 eine weitere Tochter, die aber nur drei Wochen zu leben hat. 1876 wird die dritte Tochter, Julia-Clémence, geboren. Sie wird als einziges von Rousseaus Kindern den Vater überleben und 70 Jahre alt werden. 1879 und 1882 schenkt Clémence weiteren Kindern das Leben. Sie sterben noch als Säuglinge. Bis auf Henri-Anatole, der Bildhauer werden will.

1884 erhält Rousseau eine Kopistenkarte für die staatlichen französischen Museen. Nun erlaubt man ihm, im

Museum direkt vor dem Original die Werke der großen Meister abzumalen. Noch heute kann man im Louvre Kunststudenten sehen, die ihre Staffelei dort aufgebaut haben und Bilder kopieren. Nicht etwa, um sie zu fälschen und diese Kopien später als «Originale» zu verkaufen, sondern um durch das Kopieren zu lernen, wie man ein Bild komponiert. Oder um eine bestimmte Weise des Farbauftrags zu studieren. 1895 mietet Rousseau ein eigenes Atelier. Wenn es stimmt, was er später selbst berichtet, haben seine Vorgesetzten beim Stadtzoll Verständnis für seine künstlerische Leidenschaft. Angeblich übertragen sie ihm nur leichte Arbeiten. Rousseau muss siebzig Stunden in der Woche Dienst tun. Im Frühsommer nimmt der Maler zum ersten Male an einer Ausstellung teil. Leider sind seine Bilder, die er dort zeigt, verloren gegangen. Von nun an stellt er – bis auf zwei Ausnahmen – jährlich seine neuesten Werke aus.

1888 stirbt Clémence. Ihr Tod trifft ihn furchtbar, noch zwanzig Jahre später spricht er davon mit Tränen in den Augen. Seine nun fast zwölfjährige Tochter Julia gibt er zu einem seiner Brüder nach Angers in Pflege. Er wird sie nur noch selten sehen und selbst bei ihrer Hochzeit im Jahre 1900 nicht dabei sein.

Am 1. Dezember 1893 lässt sich Rousseau als Stadtzöllner pensionieren. Mit dieser Pension kann er seinen Lebensunterhalt einigermaßen bestreiten. Sein Sohn Henri-Anatole ist jetzt alt genug, um auch arbeiten zu können. Gelegentlich verdient Rousseau etwas dazu, indem er Ladenschilder malt.

Im selben Jahr gewinnt er einen wichtigen Freund: Alfred Jarry. Jarry ist ein junger Dichter mit ziemlich verrückten Ideen. Jarry hat Kontakte zu einem Kreis junger Künstler, die noch niemand kennt, die aber später große Berühmtheit erlangen werden, weil sie völlig neue Wege in der Kunst einschlagen. Pablo Picasso und Georges Braque gehören dazu. 1895 versucht Rousseau, dem bedeutenden Kunsthändler Ambroise Vollard etwas zu verkaufen – vergeblich. Erst zehn Jahre später interessiert sich Vollard für seine Bilder.

1897, im Jahr als er «Die schlafende Zigeunerin» malt, trifft ihn ein neuer Schicksalsschlag: der Tod seines Sohnes Henri-Anatole. Er wird nur achtzehn Jahre alt. Zwei Jahre darauf heiratet Rousseau Joséphine. Sie ist verwitwet wie er. Ab 1900 gibt er in seiner kleinen Wohnung Musik- und Malunterricht für die Bewohner seines Viertels. Er macht dafür Werbung.

«Kurse für Zeichnen, Öl- und Aquarellmalerei. Privatunterricht. Da der Lehrer bei diesen Kursen schnelle Fortschritte zu erzielen wünscht, bleibt die Zahl der Schüler begrenzt. Gemischter Kurs für Kinder und junge Leute. Für Erwachsene ab 16 Jahren, Akademie, lebendes Modell, donnerstagabends 8 bis 10 Uhr. Bei den Tages- und Abendkursen können die Eltern an den Stunden teilnehmen. Preis der Kurse acht Franc pro Monat.»

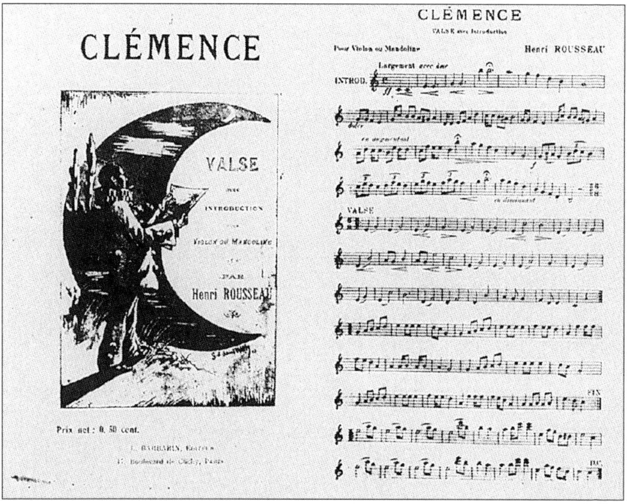

Diesen Walzer widmete Rousseau seiner ersten Frau.

Reich wird er damit natürlich nicht, außerdem ist er ausgesprochen großzügig und mitleidig. Als sein Freund Jarry sich einmal ein Fahrrad gekauft hat, für das er gar kein Geld hat, kann er sich auf der Flucht vor dem Gläubiger mehrere Wochen bei Rousseau verstecken. Auch andere, die in Not geraten sind, Nachbarn und Bekannte, unterstützt er. So kommt es, dass ihm der Farbenhändler Foinet 1901 eine Rechnung von 614,80 Franc präsentiert. Fünf Jahre lang hat Rousseau Leinwand und Farben bei ihm auf Kredit gekauft. Zum Glück findet er einen neuen Nebenerwerb. Er wird Lehrer für Malerei auf Fayence (eine bestimmte Art Steingut) und Porzellan, für Aquarell und Zeichnung. Mit Monatsraten von zehn Franc stottert er jetzt seine Schulden ab.

Am 14. März 1903 wird Rousseau noch einmal Wit-

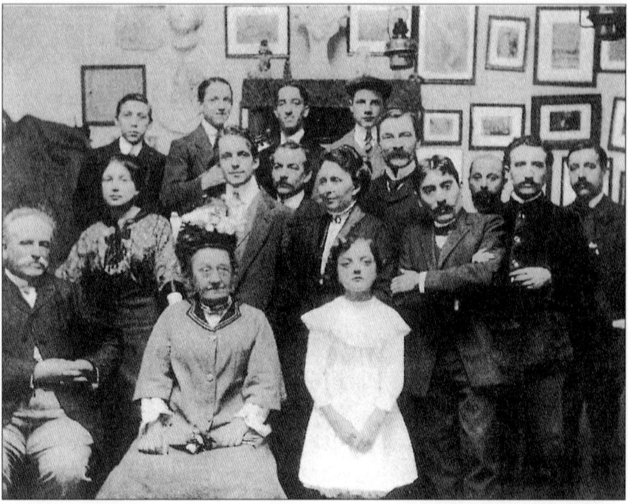

Rousseau (links) und seine musik- und kunstinteressierten Gäste

wer. Joséphine stirbt im Alter von 50 Jahren. Wegen seiner finanziellen Not werden Rousseau die Begräbniskosten erlassen. Trotz aller Bemühungen und zusätzlichem Musikunterricht schafft er es nicht, seine Schulden beim Farbenhändler rechtzeitig zu begleichen. Das bringt neuen Ärger. Immerhin bekommt er aber 1904 ein Diplom der «Association philotechnique» und seine Walzerkomposition «Clémence» wird gedruckt.

Freunde

1907 gewinnt er neue Freunde: den deutschen Kunstkritiker und Sammler Wilhelm Uhde und den jungen Maler Robert Delaunay. Leider lässt er sich im selben Jahr von einem Gauner naiv in einen Betrug verwickeln und muss für einige Zeit ins Gefängnis. Es besteht sogar die Gefahr, dass er in eine Strafkolonie nach Übersee geschickt wird. Schließlich wird er zu zwei Jahren Gefängnis mit Bewährung verurteilt. Im Polizeiprotokoll wird Rousseau so beschrieben:

«Dreiundsechzig Jahre alt, aber nach dem Aussehen wie fünfzig bis vierundfünfzig. Mittelgroß, ungefähr 1,65 m. Leibesumfang normal. Dunkelkastanienbraunes, sehr ergrautes Haar; ziemlich dichter, nicht sehr großer, dunkelbrauner, ebenfalls ergrauter Schnurrbart. Gesicht normal, blass mit einigen roten Flecken; Augen etwas tief liegend. Beim Gehen Kopf nach vorne gebeugt; das Aussehen eines Leidenden. Unauffälliges Benehmen, trägt zur Zeit das sonst lange Haar kurz.»

Endlich gelingt es ihm jetzt, regelmäßig Bilder zu verkaufen. 1908 organisiert Uhde für ihn die einzige Einzelausstellung seines Lebens – bei einem Möbelhändler. Schade, es kommt kein Besucher, denn Uhde hat vergessen, die Adresse des Ladens auf die Einladungskarten zu schreiben.

Mit dem Geld seiner Bildverkäufe kann er es sich jetzt leisten, Abende mit Musikdarbietungen zu veranstalten. Dazu lädt er seine Nachbarn, Freunde und Bekannten ein. Sehr sorgfältig zeichnet er dafür Programme in Schönschrift mit Schmuckgirlanden. Eine bunt gemischte Gesellschaft versammelt sich da bei Rousseau: die Eltern seiner Musik- und Malschüler, die Händler des Wohnviertels und seine neu gewonnenen Künstlerfreunde, spätere Berühmtheiten des neuen Jahrhunderts.

Die letzte Wegstrecke

Kurze Zeit vor seinem Tod verliebt sich Rousseau ein letztes Mal. Seine Auserwählte heißt Eugénie-Léonie, eine Witwe von 54 Jahren. Sie nimmt zwar Geschenke von ihm an, will aber sonst nichts von ihm wissen. Auf seine Heiratsanträge reagiert sie mit hochmütiger Gleichgültigkeit. Der Verliebte lässt nichts unversucht, seine Angebetete und deren Eltern, die ihre Tochter gegen ihn aufhetzen, zu überzeugen. Er bittet seine Freunde, ihm Zeugnisse auszustellen über die Ehrbarkeit des Kunstmalerberufs und die Fortschritte, die er in der Malerei macht. Alles vergeblich. Sie ist nicht zu erweichen. In seiner Verzweiflung bringt sich der kalt Abgewiesene selbst eine Beinverletzung bei, die sich entzündet. Er achtet nicht darauf und wird schließlich mit einer Blutvergiftung ins Krankenhaus eingeliefert. Eugénie-Léonie kommt nicht einmal an sein Sterbebett. Henri Rousseau stirbt verzweifelt mit 66 Jahren am 2. September 1910.

Nur sieben Trauergäste geben ihm das letzte Geleit.

Rousseau selbst fasste seinen Lebenslauf 1895 ganz anders zusammen, um sich bei einem Verleger um Aufnahme in einen Band über zeitgenössische Maler und Bildhauer zu bewerben. Dazu legte er eine Radierung, die ihn selbst darstellt. Das Buch kam allerdings nie zustande.

Henri Rousseau
Maler

«1844 in Laval geboren; war, da seine Eltern wenig vermögend waren, zunächst gezwungen, eine andere Laufbahn einzuschlagen als jene, wonach seine künstlerische Neigung verlangte.

Er machte also erst 1885 seine ersten Schritte in der Kunst, nach mannigfachen Enttäuschungen, allein, mit keinem anderen Lehrmeister als der Natur und mit einigen Ratschlägen von Gérôme und Clément. [Das waren zwei damals sehr erfolgreiche Maler.] Seine ersten beiden Werke wurden in den ‹Salon des Champs-Élysées› eingesandt. Die Titel waren: ‹Italienischer Tanz› und ‹Sonnenuntergang›.

Im Jahr darauf malte er: Ein Abend im Karneval, Donnerschlag, darauf Erwartungsvoll, Ein armer Teufel, Nach dem Fest, Die Abreise, Frühstück im Freien, Selbstmord, Für meinen Vater, Ich-Selbst. Porträt-Landschaft, Kundschafter von einem Tiger angegriffen, Jahrhundertfeier der Unabhängigkeit, Die Freiheit, Der Letzte vom 51. Regiment, Der Krieg, Genre-Porträt des Literaten A. J., außerdem 200 Zeichnungen mit Feder und Bleistift und einige Landschaften von Paris und Umgebung.

Nach harten Prüfungen gelingt es ihm, sich den Künstlern in seiner Umgebung bekannt zu machen. Er vervollkommnet sich mehr und mehr im Genrebild, das er sich zu eigen gemacht hat [Ein Genrebild zeigt Szenen aus dem Alltag.], und ist im Begriff, einer unserer besten realistischen Maler zu werden.

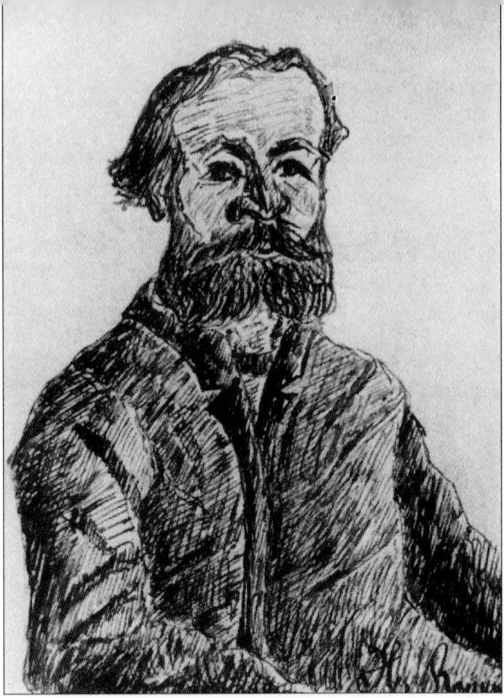

Statt Passfoto: Selbstbildnis zum Lebenslauf

Als charakteristisches Zeichen trägt er einen struppigen Bart und gehört seit langem schon zu den ‹Indépendants› [Unabhängigen]; er glaubt, dass völlige Schaffensfreiheit dem Künstler gewährt werden sollte, dessen Denken sich für das Schöne und Gute begeistert.

Er wird nie die Leute von der Presse vergessen, die ihn verstanden, ihn in Augenblicken der Mutlosigkeit unterstützten und ihm halfen, der zu werden, der er sein muss.»

Paris, Paris

Rousseau liebte Paris sehr. Er malte die Stadt oft. Aber Paris hat viele Gesichter.

Die Metropole an der Seine war Ende des 19. Jahrhunderts nach London die zweitgrößte Stadt Europas. Fast drei Millionen Menschen lebten dort. Als Frankreichs Hauptstadt war Paris Sitz der Regierung und bis zu seinem Sturz 1870 auch des französischen Kaisers. Der hieß ursprünglich Prinz Louis Napoleon und hatte sich 1848 von den Franzosen zunächst zum Präsidenten und 1852 zum Kaiser wählen lassen. Auf dem Thron nannte er sich Napoleon III. Mit diesem Namen wollte er sich mit seinem Onkel, Kaiser Napoleon I., einst der mächtigste Mann Europas, auf eine Stufe stellen. Die politischen Wirren um Napoleon III. erlebte Rousseau nur als Kind in Laval. Auch als Erwachsener interessierte er sich übrigens nicht für Politik.

Alle wichtigen Entscheidungen Frankreichs wurden in Paris getroffen. Natürlich war die Stadt auch kultureller Mittelpunkt des Landes. Mit riesigen Museen, der Oper, Theatern und jedes Jahr einer großen offiziellen, vom Kaiser geförderten Kunstausstellung, dem «Salon». Als Napoleon III. den Kaiserthron bestieg, wollte er seine Haupstadt noch schöner, noch eleganter herrichten, als sie es schon war. Vor allem wollte er Paris zu einer fortschrittlichen Großstadt machen, mit viel Platz für den zunehmenden Verkehr und für eine stetig wachsende Wirtschaft. In der zweiten Hälfte des 19. Jahrhunderts überschlug sich die Entwicklung von Technik und Industrie. Auch in Frankreich hatte die Eisenbahn ihren Siegeszug angetreten. In Paris gab es bald nicht nur einen Bahnhof, sondern gleich mehrere, die zum Teil heute noch benutzt werden. (Der Bahnhof d'Orsay ist mittlerweile zum Museum umgebaut worden.)

Weltstadt mit Luxus

Napoleon III. suchte die anderen Hauptstädte Europas an Größe und Pracht möglichst zu übertreffen. Schließlich war er selbst nur ein gewählter Herrscher und kein Thronfolger durch ererbte Ansprüche.

Paris sollte in unglaublichem Glanz erstrahlen. Genau wie der Kaiser selbst. Dafür musste Napoleon einiges in der Stadt ändern.

Für seine ehrgeizigen Umbaupläne beauftragte er den Präfekten von Paris, den Baron Georges Eugène Haussmann. Ärgerlicherweise blieb der Kaiser nicht so lange an der Macht, wie er gehofft hatte. Frankreich wurde nach einem kurzen Bürgerkrieg Republik.

Zunächst aber ließ Napoleon III. rigoros abreißen, um breiten Avenuen und Boulevards Platz zu machen, die die Stadt geradlinig durchschnitten. Und es wurde elegant und mit viel Geld neu gebaut. Die Prachtstraßen wurden zu einem großzügigen Verbindungssystem für den Verkehr. Die Boulevards stellten die kleinen Gassen in den Schatten. Bisher für das Volk unzugängliche Gärten – wie der Jardin du Luxembourg – wurden geöffnet und dazu noch neue öffentliche Grünanlagen geschaffen.

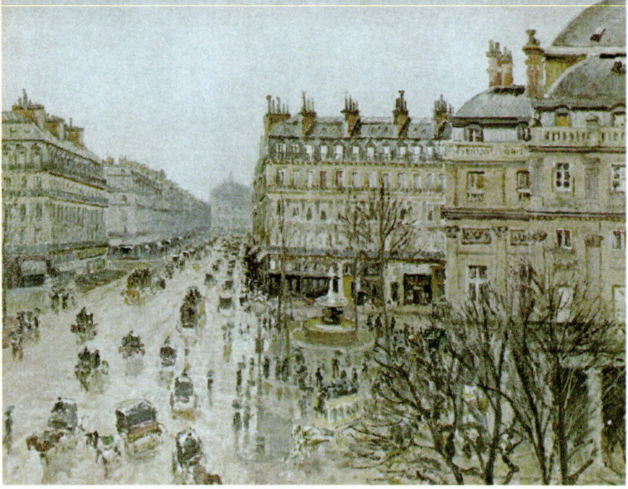

Camille Pissarro: Avenue de l'Opéra

Es gab großen Reichtum und Luxus in Paris. Adelige, hohe Staatsbeamte, Bankiers und Industrielle feierten rauschende Feste, trafen sich im Theater und in der Oper, gaben Abendgesellschaften in ihren privaten Salons und ließen sich in ihren kostbaren Kutschen auf den Boulevards spazieren fahren. Dort trafen sich auch die weniger wohlhabenden Bürger und die so genannte Halbwelt – Künstler und Lebenskünstler. Berühmt wurden die Pariser Passagen, mit Glas überdachte Gänge zwischen eleganten Geschäften, wo man bei jedem Wetter und zu jeder Tageszeit flanieren konnte.

Das «kleine» Paris

Das war die elegante und weltstädtische Seite der Metropole Paris. Daneben aber gab es noch eine andere Seite. Die kleinen Viertel, die «Quartiers» zwischen den großen

Straßenschneisen, blieben weitgehend erhalten. Dort lebten einfache Handwerker und Kaufleute. Jedes Viertel hatte seinen eigenen Charakter. Jeder kannte jeden, es ging fast zu wie in einem Dorf. Rousseau zog zwar häufig um, aber nur innerhalb seines Viertels am Montparnasse, Plaisance. Das luxuriöse Paris interessierte ihn kaum. Ganz im Gegensatz zu anderen Künstlern seiner Zeit. Er liebte die Winkel mit kleinstädtischer Bebauung und viel Grün. Dort suchte er die Motive für seine stillen Stadtansichten. Er zeigte Paris abseits vom großen Rummel. So, wie es die einfachen Leute kannten.

Ansicht mit Luftschiff

Immer wieder gibt es in seinen Stadtansichten kleine Figuren, die angeln, spazieren gehen, arbeiten oder ganz einfach nur dasitzen und sich die Landschaft anschauen. Sie sind völlig in ihr Tun versunken, bilden mit ihrer Umgebung eine harmonische Einheit.

Die unscheinbarsten Orte hielt Rousseau für darstellenswert. Er malte sie aber nicht einfach ab, sondern veränderte sie in seinen Bildern, wie es ihm gefiel. Ein Bild ist ja kein Touristenschnappschuss, der die Wirklichkeit genau festhalten soll. Manchmal allerdings nahm Rousseau auch eine Postkarte oder ein Foto als Vorlage. Dann konnte er in Ruhe im Atelier weitermalen.

Rousseau achtete bei seiner Bildkomposition «Die Brücke von Sèvres» vor allem darauf, dass die Brücke mit den gleichmäßigen Bogen links und rechts symmetrisch von Bäumen eingerahmt ist. Ganz genau gleichen durften

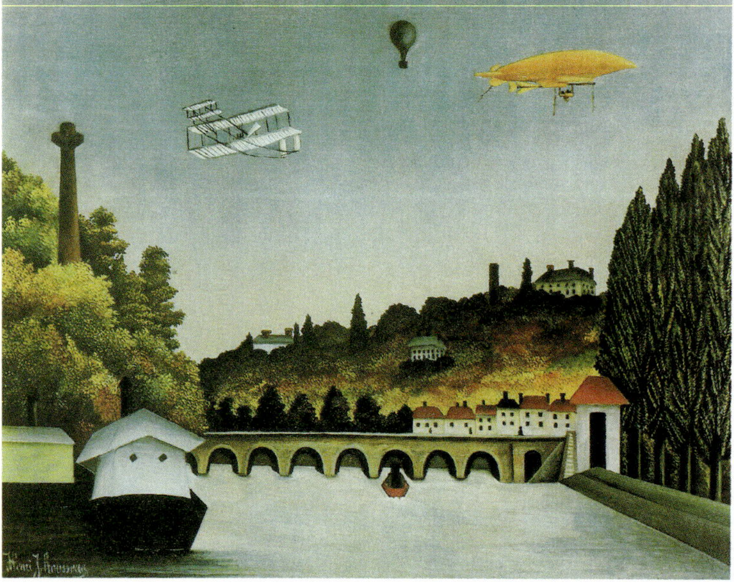

Die Brücke von Sèvres

sich die beiden Seiten jedoch nicht. Deshalb sind links locker getupfte Laubbäume zu sehen mit einem hoch aufgerichteten Fabrikschornstein in der Mitte, rechts streng angeordnete, kerzengerade gewachsene Bäume mit gestrichelten Blättern. Links steht am Ufer ein niedriges, langes, fensterloses Haus, auf dem Wasser schwimmt ein Hausboot mit Fensteröffnungen, die aussehen wie auf die Spitze gestellte schwarze Quadrate. Auf der anderen Seite der schmale Brückenturm und eine Häuserreihe, deren Fenster Rousseau ebenfalls als schwarze Quadrate gemalt hat.

Der Doppeldecker, das Luftschiff und der Ballon sind sicher nicht zur selben Zeit über die Brücke von Sèvres geflogen. Aber Rousseau wollte eben alle drei zusammen auf dem Bild haben. Das Luftschiff gehörte dem französischen Militär und hieß «La Patrie», («Vaterland»). Auf an-

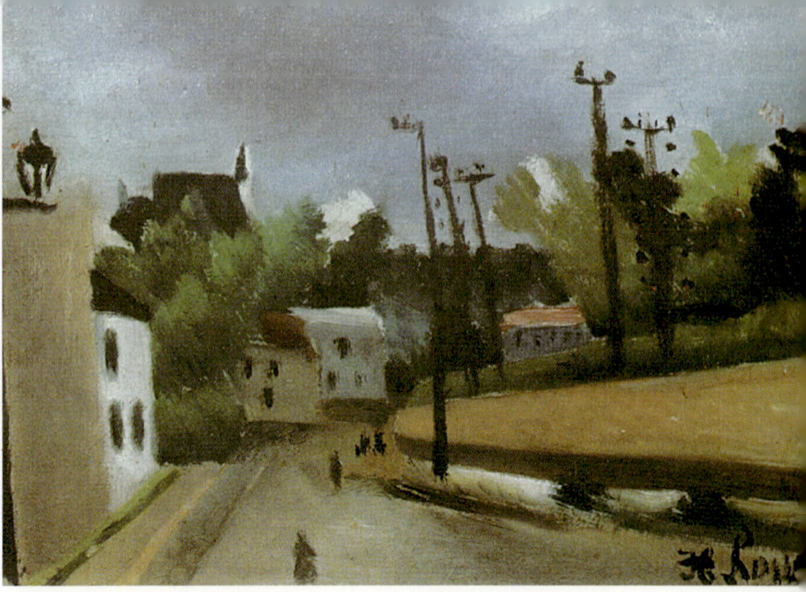

Malakoff

deren Bildern schimmert es weißlich grün. Hier gab Rousseau ihm eine leuchtend gelbe Farbe. Die brauchte er zum Gelb und Rot der herbstlich bunt gefärbten Bäume.

Zweimal Malakoff

Malakoff liegt in der Umgebung von Paris. Rousseau machte zunächst wahrscheinlich direkt vor Ort eine kleine farbige Skizze. In seinem Atelier malte er dann das mehr als doppelt so große Bild. Die Skizze entstand in kurzer Zeit mit Farben, die als lockere Flächen hingetupft sind. An den Bäumen kann man die einzelnen Blätter nicht unterscheiden. Sie bestehen aus Farbflecken in hellen und dunklen Grünschattierungen.

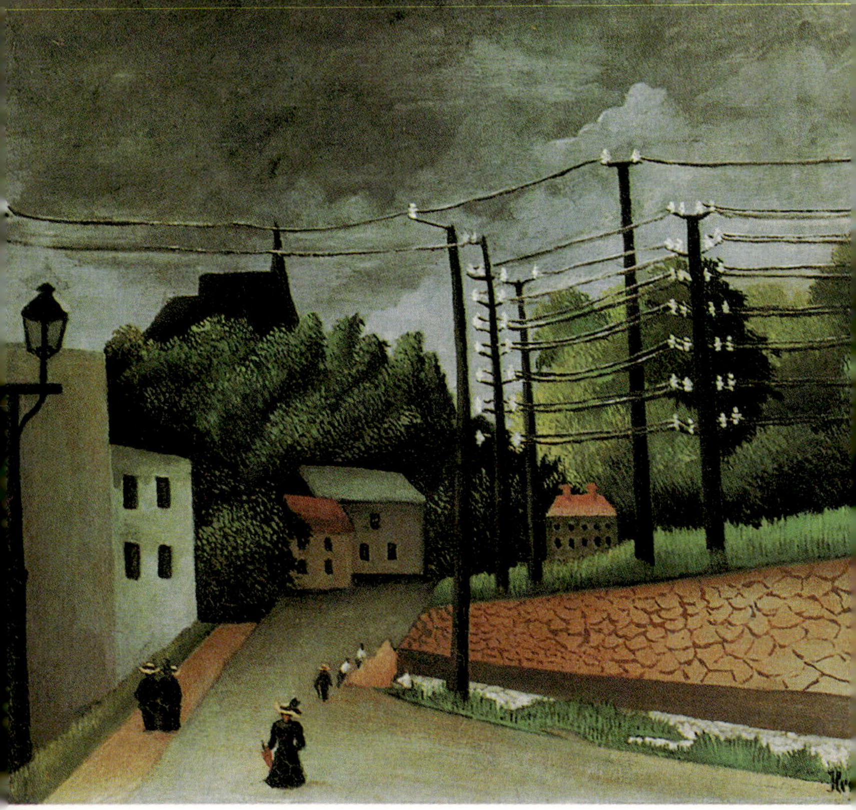

Malakoff – zweite Ausführung

In der größeren Ausführung dagegen erscheinen alle Gegenstände und Figuren fest gefügt. Unverrückbar jeder Grashalm, jedes Blatt, jede Hutschleife. In die braune Ackerfläche rechts zeichnete Rousseau mit feinem Pinsel sogar die einzelnen Erdschollen hinein. Auch die Telegrafenleitungen, die auf der Skizze fehlen, setzt er nun in die Komposition. Um die Jahrhundertwende war es nicht selbstverständlich, technische Gegenstände in einem Ölgemälde darzustellen. Viele Kunstfreunde empfanden diese Dinge als hässlich.

Exotisches aus fernen Ländern

Im Jahre 1889 gab es in Paris für alle Welt, auch für Rousseau, eine Sensation: die große Weltausstellung. Sie fiel mit der Wiederkehr eines der wichtigsten Daten französischer Geschichte zusammen: Frankreich feierte den hundertsten Jahrestag der Französischen Revolution von 1789. Eine internationale Jury verlieh Preise für die besten Leistungen. Verkauft wurde nichts. Einziger Zweck war die Selbstdarstellung der Nationen.

Diese Ausstellung war so recht für das Volk gemacht. Endlich konnte man etwas über die weite Welt erfahren. Dinge, von denen man bisher nur gehört hatte, die man sich nicht vorstellen konnte! Der Eiffelturm am Ufer der Seine bildete das Eingangstor zur Ausstellung. Im April 1889 wurde sie mit 21 Salutschüssen eröffnet.

Die Weltausstellung von 1889 war die erste mit elektrischer Beleuchtung. So konnte sie bis in die dunklen Abendstunden geöffnet bleiben. Scheinwerfer strahlten vom Eiffelturm auf die Stadt hinunter. Eine Sensation boten dem entzückten Publikum auch die farbig beleuchteten Brunnen.

Was Rousseau und Hunderttausende Neugieriger besonders anzog, war eine Sehenswürdigkeit: die Kolonialausstellung. Frankreich gehörte zu den europäischen Großmächten. Bis weit über die Grenzen Europas dehnte es seinen Einfluss aus, mischte sich in Angelegenheiten fremder Länder ein: In Syrien, Ägypten, im Krimkrieg zwischen Russland und der Türkei, sogar in China und in Mexiko hatten die Franzosen ihre Hand im Spiel. Frankreich besaß Kolonien in Algerien, Neukaledonien und auf anderen Inseln in der Südsee, große Gebiete in Afrika, Südostasien und Teile der Karibik.

Ganze Dörfer aus Tonkin, dem Senegal, Indochina, Tahiti waren nachgebaut. Tropische Tiere und Pflanzen lock-

Tänzerinnen aus Java auf der Kolonialausstellung in Paris 1889

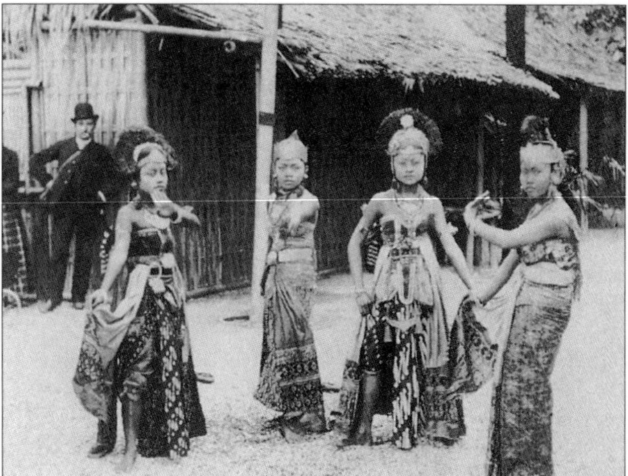

ten in einem «mexikanischen Palast», afrikanische Gewächse im algerischen Ausstellungspavillon. Mit einer elektrischen Eisenbahn konnten die Besucher vom Eiffelturm direkt in den Orient fahren. Es erwartete sie eine «Straße von Kairo» mit ägyptischen Hausfassaden, zwei Moscheen und einem richtigen Minarett. Diese Straße war aber nicht einfach nur eine Art Museum. Für die Dauer der Ausstellung lebten dort Araber, Handwerker, Händler, Eselstreiber und Tänzerinnen, die im orientalischen Café auftraten. So konnten die Leute Geld und Mühen einer Weltreise sparen und erlebten direkt vor der Haustür den exotischen Zauber des Morgenlandes.

Henri Rousseau war dermaßen beeindruckt und begeistert von der Weltausstellung, dass er einen Theaterschwank darüber verfasste: «Ein Besuch der Ausstellung von 1889». Darin schilderte er die Erlebnisse eines (erfundenen) Ehepaares Lebozeck, das mit seinem Dienstmädchen Marie eigens aus der Bretagne angereist war, um sich die Weltausstellung anzuschauen.

Orientalische Schwärmereien

Die Faszination für das Exotische hatte schon im 18. Jahrhundert begonnen und wurde durch die Eroberung der französischen Kolonien verstärkt. Der Maler Eugène Delacroix zum Beispiel, der 1832 für sieben Monate nach Marokko gereist war, kehrte verzückt und berauscht von der Pracht und Farbigkeit des Orients nach Frankreich zurück. Dort habe er «zwanzigmal mehr» erlebt als in Paris. In der fremden Welt voller unbekannter Eindrücke

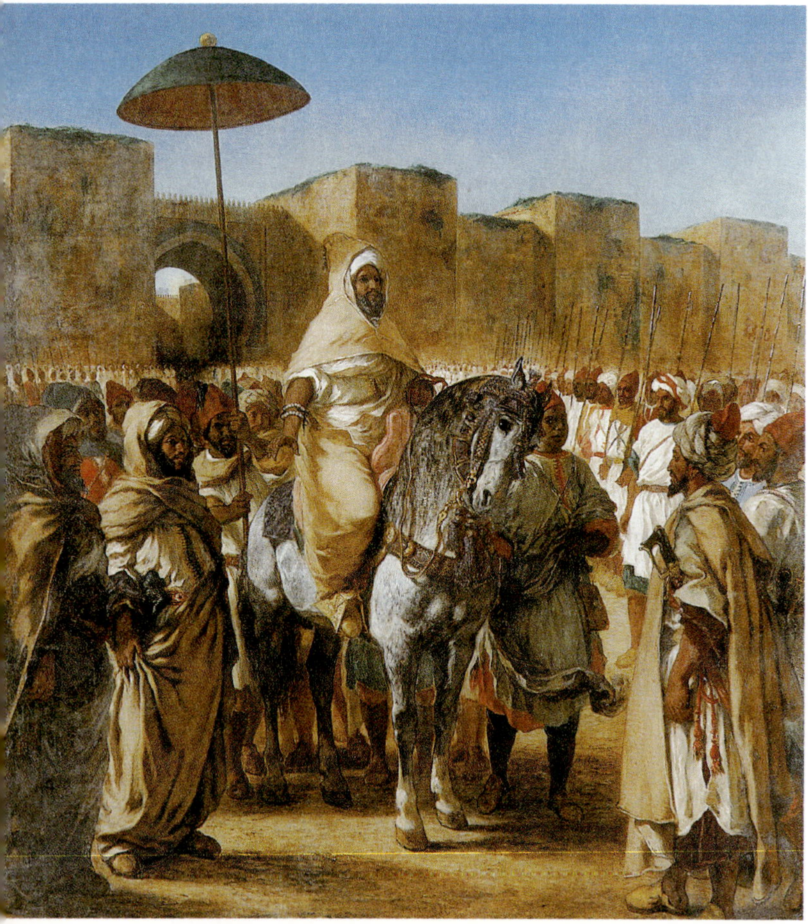

Eugène Delacroix:
Der Sultan von Marokko Muley Abder-Rahman

hatte er so viele Anregungen gefunden, dass sie bis ans Ende seines Malerlebens reichten. Rousseau verehrte Delacroix ganz besonders.

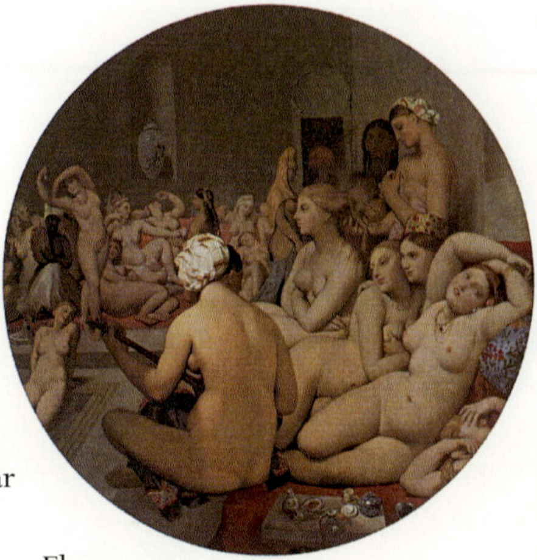

Auch Jean Auguste Dominique Ingres schwärmte für den Orient. Eines seiner Lieblingsmotive waren Haremsdamen. Sie durften sogar nackt gemalt werden.

Der Schriftsteller Gustave Flaubert reiste von 1849 bis 1851 durch Nordafrika und führte ein «Reisetagebuch aus Ägypten». Mitunter kleidete er sich orientalisch. Nordafrika und der Vordere Orient, Algerien, Marokko, Palästina und Ägpyten, waren in der Kunst regelrecht «in Mode». Man hatte sogar eine Künstlervereinigung, die «Société des Artistes Orientalistes», die «Gesellschaft der Orientalisten», gegründet. Ehrenpräsident war Jean-Léon Gérôme. Er zählte damals zu den Malern, die hoch angesehen und besonders erfolgreich waren, weil er mit seinen Themen dem Publikumsgeschmack entgegenkam. Rousseau bewunderte ihn. So wie Gérôme wollte auch er malen können, so viel Erfolg hätte auch er gern gehabt. Heute kennt kaum noch jemand diesen Gérôme. Aber vielleicht beeinflusste eines seiner Bilder, «Les deux Majestés» («Die beiden Hoheiten»), Rousseau bei der Bildkomposition der «Schlafenden Zigeunerin».

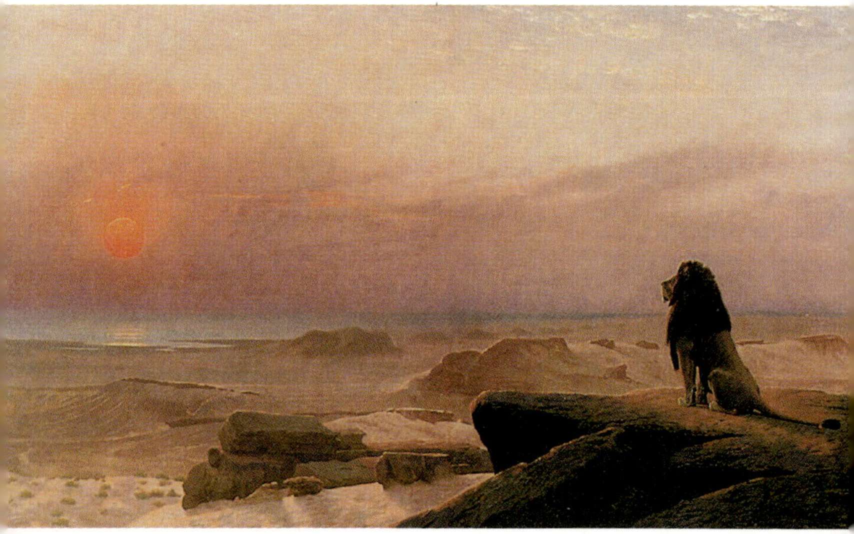

Jean-Léon Gérômes König der Wüste

Vorbilder

Der König der Tiere sitzt unverwandt und schweigend der untergehenden Sonne, der anderen Majestät, gegenüber. Er thront auf einem kahlen Felsen im Vordergrund. Dahinter dehnen sich Strand und Meer, darüber der Himmel. Nicht nur der Löwe, sondern auch die Stille, die über der Szene liegt, die räumliche Anordnung der Landschaft und die Größe und Betonung des Himmelskörpers finden sich bei Rousseau ähnlich wieder.

Vielleicht hat noch ein anderes Bild bei der Erfindung der magischen Szene auf Rousseau eingewirkt: die Orangenverkäuferinnen von Clément. Mit ihren südländischen Gesichtszügen, den weiten farbigen Gewändern und den

Tonkrügen könnten sie ihm für die «Schlafende Zigeunerin» Modell gestanden haben. Rousseau war mit Clément, der auch aus Laval stammte, persönlich bekannt und schätzte seine Kunst. Weil der Zöllner keine Akademie besucht hatte, sondern sich die Malerei selbst beibringen musste, fühlte er sich Künstlern mit einem «richtigen Studium» unterlegen. Umso mehr, wenn sie, wie Gérôme und Clément, große Publikumserfolge feierten. Beiden war er dankbar, denn sie gaben ihm hin und wieder Ratschläge.

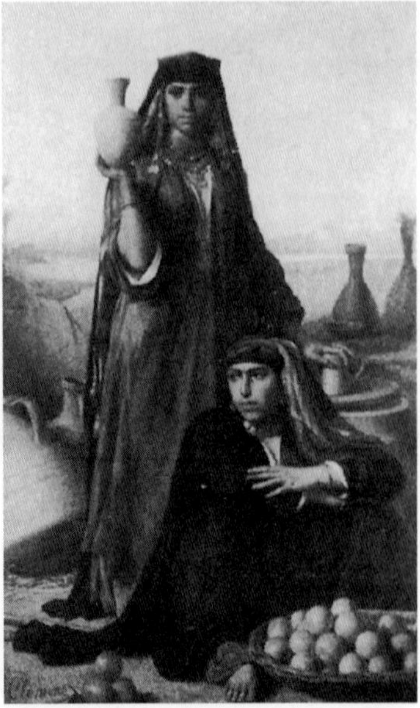

Félix Cléments Schönheiten

Berühmtheit mit Fez

Die exotische Mode in Frankreich ging so weit, dass extravagante Zeitgenossen sich auch orientalisch kleideten.

Pierre Loti war zu Rousseaus Zeiten ein sehr populärer Schriftsteller. 1891 wurde er in der Académie française aufgenommen. Eine größere Ehre kann einem Künstler in Frankreich kaum widerfahren. Unwahrscheinlich, dass der berühmte Loti dem Zöllner persönlich Modell gesessen hat. Vielleicht kam Rousseau die Idee zum Porträt, als er in der Zeitung von der Wahl des Schriftstellers in den erlauchten Kreis der Académie française

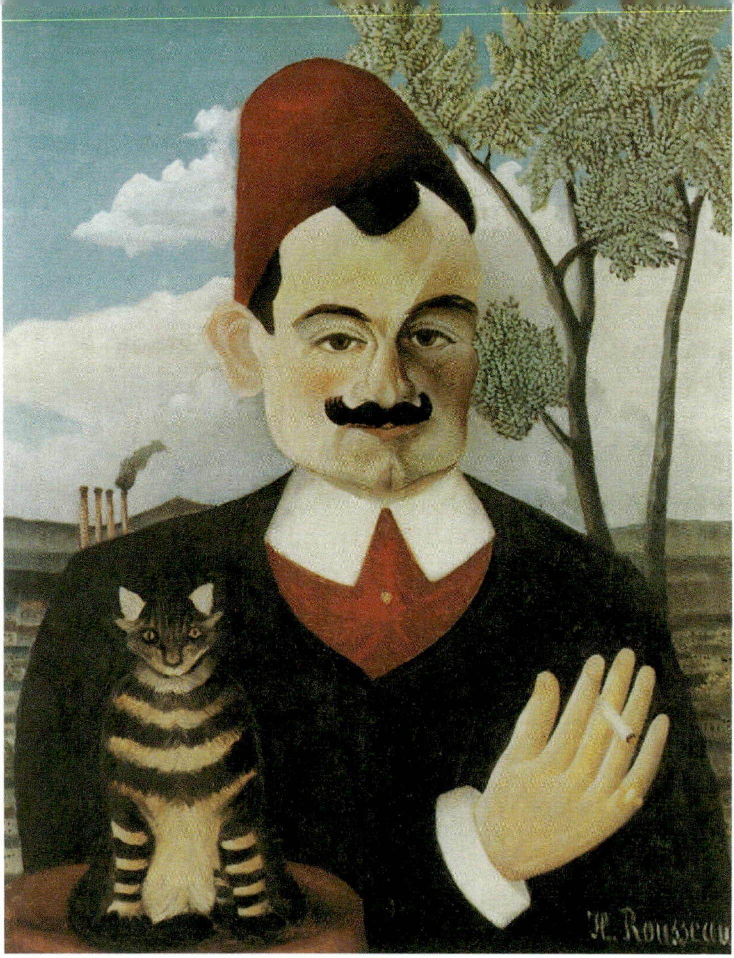

Rousseaus Porträt des berühmten Dichters Loti

las. Mit einem Bildnis des bewunderten Mannes wollte Rousseau sich vielleicht selbst in ein interessantes Licht setzen. Wahrscheinlich malte er Loti in türkischer Kleidung nach einer Fotografie, die damals in Umlauf war. Sicher war es nicht nur die Popularität, die Rousseaus Aufmerksamkeit erregte, sondern auch Lotis abenteuerliches Leben. Er war weit in der Welt herumgekommen. Ähnlich wie Rousseau führte er ein Doppelleben: Er war Schriftsteller und gleichzeitig Marineoffizier.

Weil Lotis Liebe zu Katzen bekannt war, setzte der Maler ein gestreiftes Exemplar auf rotem Kissen direkt vor ihn. Es starrt mit großen Augen aus dem Bild heraus. Den Fez gab Rousseau dem Dichter aufs Haupt, nachdem er die Frisur bereits fertig gestellt hatte. Noch Jahre später übermalte er Teile des Gesichts. Auch die Bäume – bis auf einen Streifen an der oberen Bildkante.

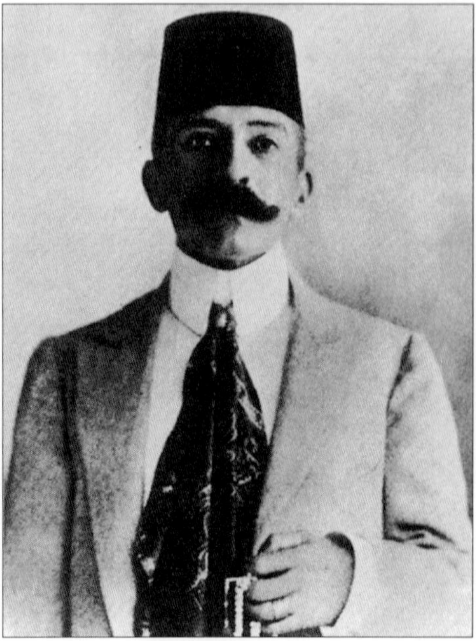

Loti in Konstantinopel

Die Landschaft ist nicht orientalisch. Hinter Lotis rechter Schulter ragen vier Industrieschornsteine hervor. So wie viele Maler damals den Eiffelturm nicht für bildwürdig hielten, weigerten sie sich, Fabrikschlote zu malen. Für Rousseau aber waren sie ein wichtiges Motiv.

Die Farben wirken vornehm und kühl. Das tiefe Schwarz der Jacke lässt das rote Hemd und den roten Fez aufleuchten. Dagegen setzen sich Hemdmanschetten und Kragen in strahlendem Weiß ab. Die hellbraunen, dreieckigen Katzenohren vor dem dunklen Jackenstoff wiederholen leicht abgewandelt die Form der Kragenecken. Das getigerte Katzenfell nimmt die streifenartige Aufreihung der Schornsteine und der Finger von Pierre Lotis rechter Hand auf. Silbergrün schimmert das Laubwerk des Baumes. Das Himmelsblau steigert die Farben des Bildes und gibt ihnen ein kraftvolles Leuchten.

Jedes Detail im Bild wirkt so, als sei es sorgfältig nach der Natur gemalt. Doch bei genauem Hinsehen erkennt man, dass Henri Rousseau die Dinge nicht so darstellte, wie er sie zufällig in der Wirklichkeit antraf. Er veränderte Farben und Formen und verband sie zu einer Komposition, in der jedes Element seinen unverrückbaren Platz, seine sorgsam abgestimmte Farbe findet.

Träume vom Paradies

Pierre Loti war einer der Künstler, die sich mit Reisen die Sehnsucht nach der Ferne erfüllten. Paul Gauguin, Maler und vier Jahre jünger als Rousseau, zog es sogar ganz in die Tropen. Nachdem er einige Zeit auf Tahiti gelebt hatte, um dort zu arbeiten, siedelte er sich 1895 hier endgültig an und lebte in einer einfachen Hütte. Die intensiven Farben der Südsee, die Begegnung mit den freundlichen Polynesiern und ihrer fremden Kultur brachten ihn auf phantastische Bildideen. In der Abgeschiedenheit des Pazifiks hatte er endlich Ruhe – vor seinen französischen Gläubigern, vor Auseinandersetzungen mit seiner Frau, vor Anfeindungen durch eine blinde Kunstkritik. Früher hatte er als Mitarbeiter einer Bank viel Geld verdient, eine Familie mit Kindern gehabt und ein bürgerliches Leben geführt. Das alles hatte er wegen seiner Malerei aufgegeben und sich dadurch Empörung und Unverständnis eingehandelt. Er war zu den so genannten «Wilden» geflohen. Auf seiner Südseeinsel wurde er dann für die Öffentlichkeit plötzlich interessant und begehrt. Das Paradies, das er suchte, hat Gauguin aber nie finden können. Krank und einsam starb er mit 55 Jahren in Atuona auf Hivaoa.

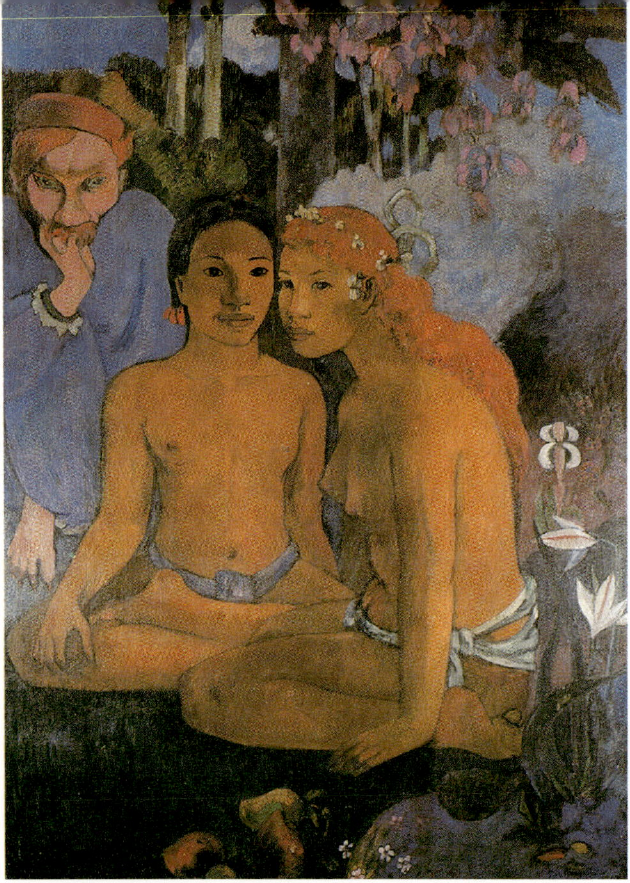

Ein Südseebild von Paul Gauguin

Blätter – Blüten – Dschungel

Die meisten Leute aber blieben doch lieber zu Hause. Reisen war vor 100 Jahren noch kostspielig und nicht ungefährlich. Menschen, die das Fernweh plagte, nahmen Bücher über fremde Länder zur Hand, gingen in die Weltausstellung oder stellten sich tropische Gewächse in die Wohnung. Die sehr Reichen bauten teure Glashäuser für ihre empfindlichen Pflanzen. In Paris gab es den «Jardin des Plantes», den Botanischen Garten. Jedermann konnte dort den Anblick fremdländischer Flora genießen. Mitten in diesem grünen Paradies saß auch Henri Rousseau viele Tage und Stunden, träumte von der weiten Welt und bestaunte Bäume und Pflanzen, Blätter und Blüten der Tropen. Er zeichnete und zeichnete, suchte jedes Detail zu erfassen. Aus seinen Beobachtungen und Studien wuchs der Dschungel seiner erstaunlichen Urwaldbilder, mit denen er die Welt verblüffte.

Diese Urwaldbilder vor allem haben Rousseaus Malerruhm begründet.

Wie kommt denn ein rotes Plüschsofa in den Urwald? Diese Frage stellten sich viele Besucher und Kritiker, als sie die nackte Yadwigha auf dem Samt im Dschungel erblickten. Rousseau stellte sie kurz vor seinem Tod dem Publikum vor. Wie Rousseau und alle, die sich nach fremden Paradiesen sehnten, träumt die Dame zu Hause im Wohnzimmer vom Dschungel. Auf die gereizte Frage eines Kritikers erklärte der Maler selbst in einem Brief:

> «Cher Monsieur, ich antworte Ihnen sofort auf Ihren liebenswürdigen Brief, um Ihnen das Motiv zu erklären, weshalb das besagte Kanapee vorkommt. Die Frau, eingeschlafen auf dem Kanapee, träumt, dass sie in dem Wald ist und dass sie die Töne hört, die der Zauberer auf seinem Instrument spielt. Dies gibt das Motiv, weshalb das Kanapee in dem Gemälde ist.»

Nächste Seite: Der Traum der Yadwigha

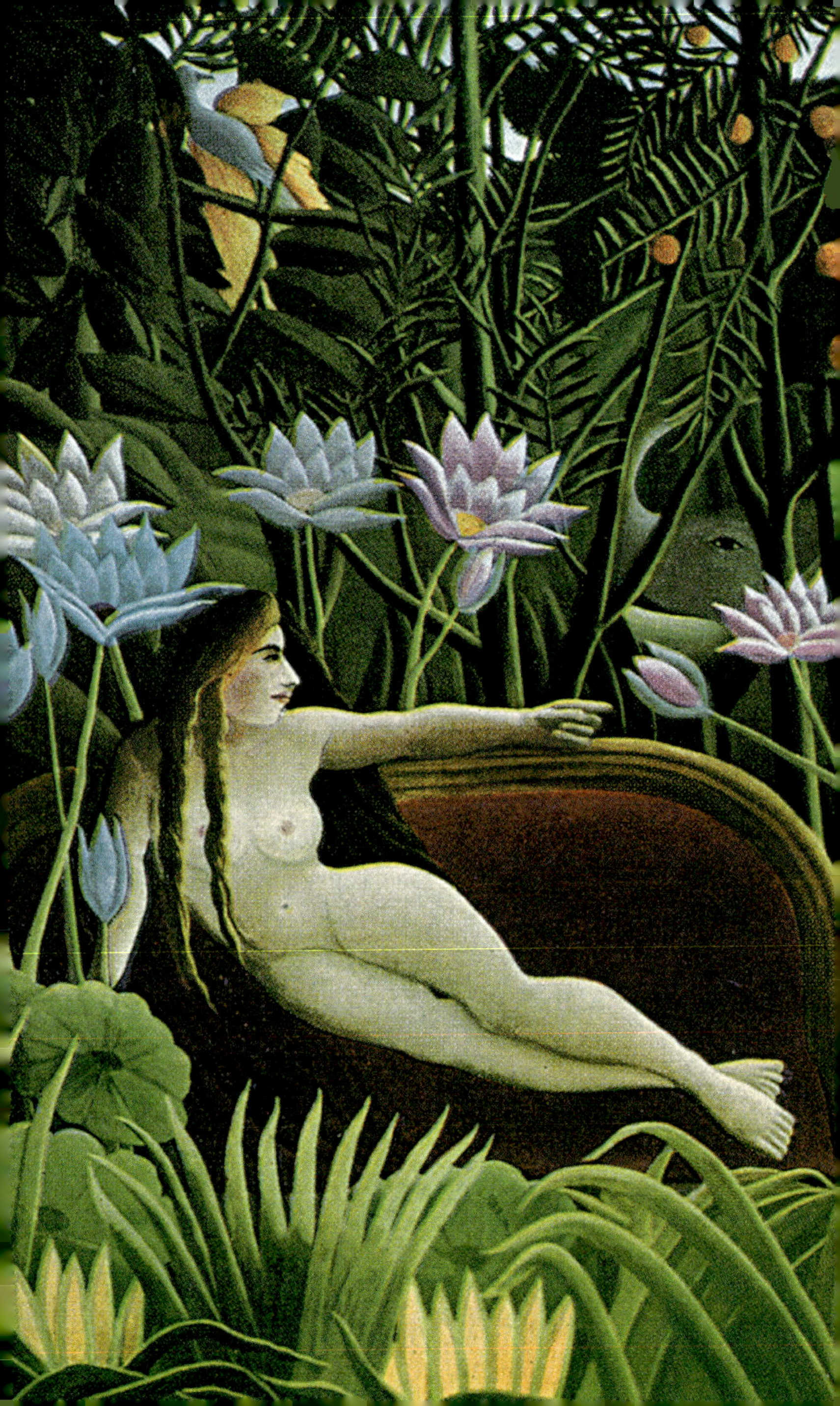

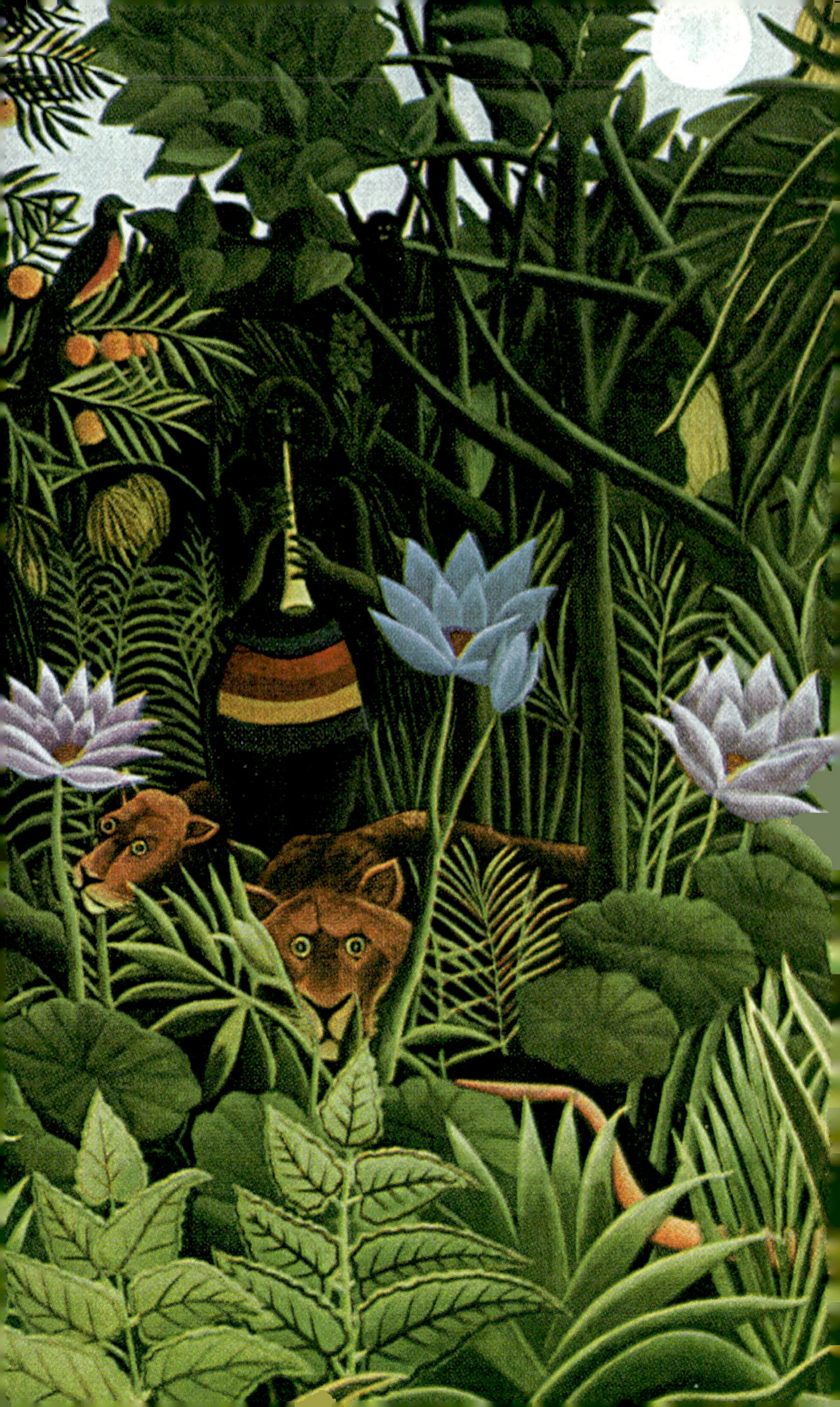

Am Rahmen hatte Rousseau ein Gedicht angebracht:

«Yadwigha, in einem schönen Traum
sanft eingeschlafen,
hörte die Klänge der Hirtenflöte,
auf der ein freundlicher Zauberer spielte.
Während das Mondlicht widerscheint
auf den Blumen und den grünenden Bäumen,
leihen die roten Schlangen ihr Ohr
den heiteren Melodien des Instruments.»

Riesige Blüten in wundersamen Farben, die betörenden Duft ausströmen, umgeben Yadwigha. Der Urwald trägt köstliche Früchte: Zwischen dem Grün locken Orangen und Büschel von Bananen. Zwei Paradiesvögel zeigen ihr prächtiges Gefieder. Dunkelrosa und grauschwarz der eine, weiß mit langen gelbgoldenen Schwanzfedern der andere. Im unentwirrbaren Blattwerk turnen, fast versteckt, zwei Äffchen. Tief in den Bäumen verborgen, schwingt ein Elefant seinen Rüssel. Aus den Palmenfächern in der Mitte starren ernst und aufmerksam zwei Löwenköpfe hervor. Neugierig, friedlich wie ihr großer Verwandter aus der «Schlafenden Zigeunerin». Vorn rechts gleitet eine hellrosa Schlange durch Blattgewirr. Der fahle Mond gießt sanftes Silberlicht auf Blätter und Blumen, umgibt den Körper Yadwighas mit zartem durchsichtigem Schimmer. Ein geheimnisvoller, dunkelhäutiger Flötenspieler, selbst ein Gewächs des Dschungels, spielt eine verlockende Melodie, der die Tiere und Yadwigha lauschen.

Und wer war nun diese Yadwigha? Eine junge Polin, die der Maler vielleicht in seiner Jugend liebte? Oder war

Yadwigha nur der Name einer Frau, die nackt auf irgendeiner Postkarte abgebildet war, die Rousseau gekauft hatte? Niemand weiß es.

Bäume und tausendfaches Grün

Wald und Bäume hatten Rousseau schon immer fasziniert. Paris sah er als grüne Stadt. Seine Figuren und Bildnisse stellte er oft in einen Garten, auf eine Wiese oder in Landschaften mit Bäumen.

Mit einem Waldbild zeigte Rousseau 1886 im «Salon der Unabhängigen» zum ersten Mal der Öffentlichkeit seine Kunst. An dieser Ausstellung konnte jeder teilnehmen, der wollte. Das Licht des Vollmondes scheint durch das Geäst eines winterlichen Waldes. Die schwarzen und grauen Silhouetten der Bäume und einer Hütte zeichnen sich vor den hellen Wolken ab, in denen noch ein letzter gelbrosafarbener Schein der untergegangenen Sonne nachglüht. Märchenhaft und kalt zugleich ist der Farbklang des Abends. Der Mond zaubert den Wolken einen silbernen Saum. Vor der Kulisse der Bäume ein Liebespaar, in seidig bläulich und rosenfarbig schimmernder Verkleidung als Harlekin und Pierrette.

Woher kommen die beiden, wohin werden sie gehen? Sie scheinen einem Gemälde von Antoine Watteau entsprungen, der Anfang des 18. Jahrhunderts die Theaterwelt und die eleganten Feste bei Hofe schilderte. Der «Abend im Karneval» ist das erste Bild, das von Rousseau bekannt ist. Was er zuvor gemalt hat, weiß man nicht. Wer so meisterhaft malt, muss jedenfalls vorher geübt haben.

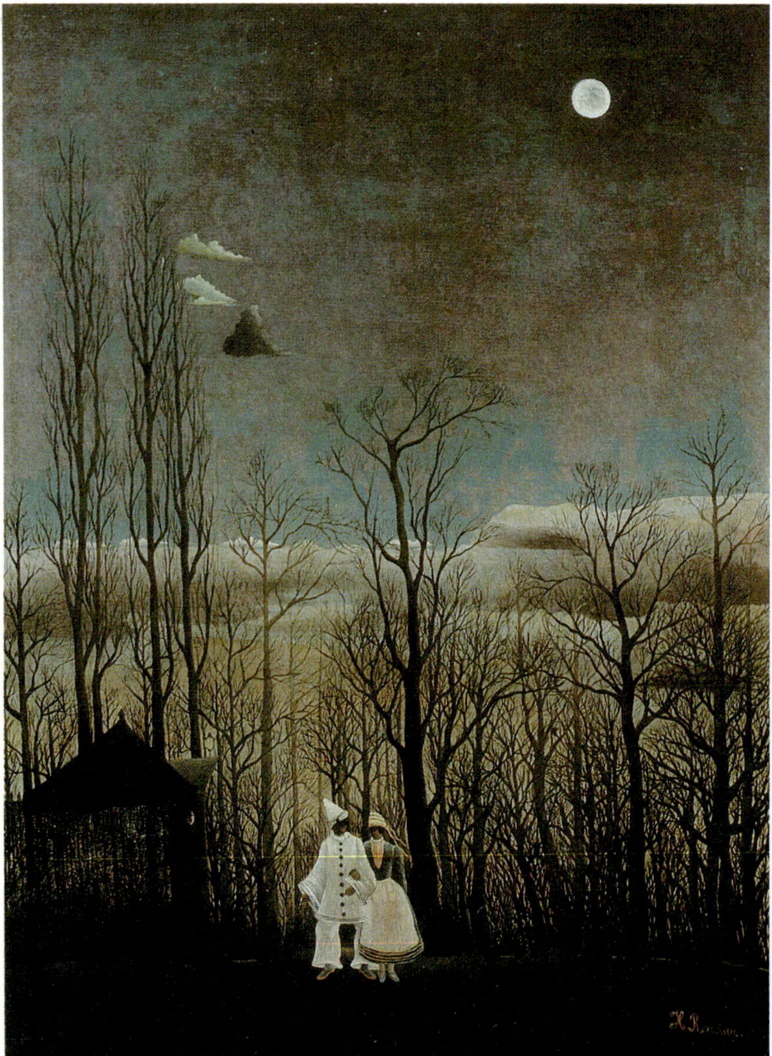

Ein Abend im Karneval

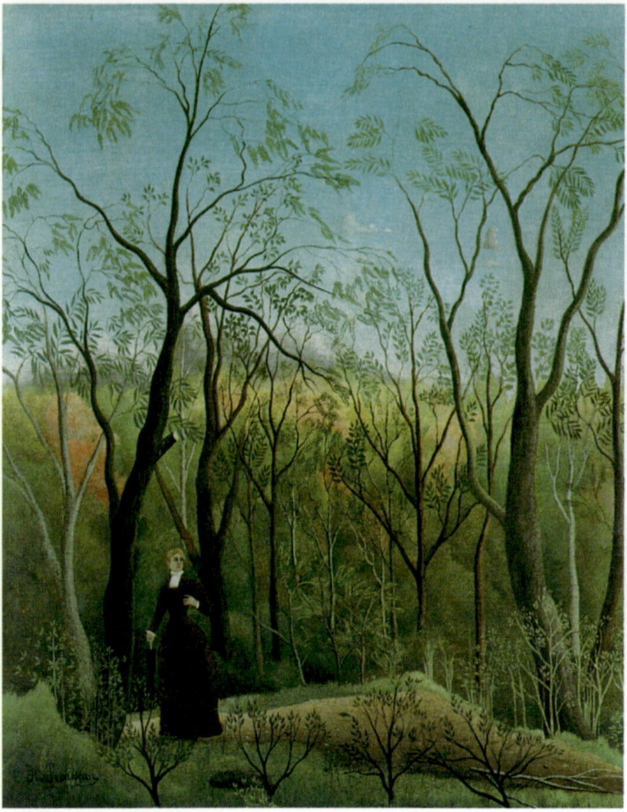

Spaziergang im Wald

Seltsame Dinge geschehen in Rousseaus verwunschenen Wäldern. Was lässt die Dame mit Schirm erschreckt zurückblicken und die Hand ans Herz führen? Ist es bloß ein Tier oder schleicht sich da jemand an? Rechts auf dem Weg liegt ein herabgestürzter toter Zweig, direkt über ihr hängt ein abgesägter Ast. Obwohl der Wald in lichten, freundlichen Grün-, Rosa- und Gelbtönen gemalt ist,

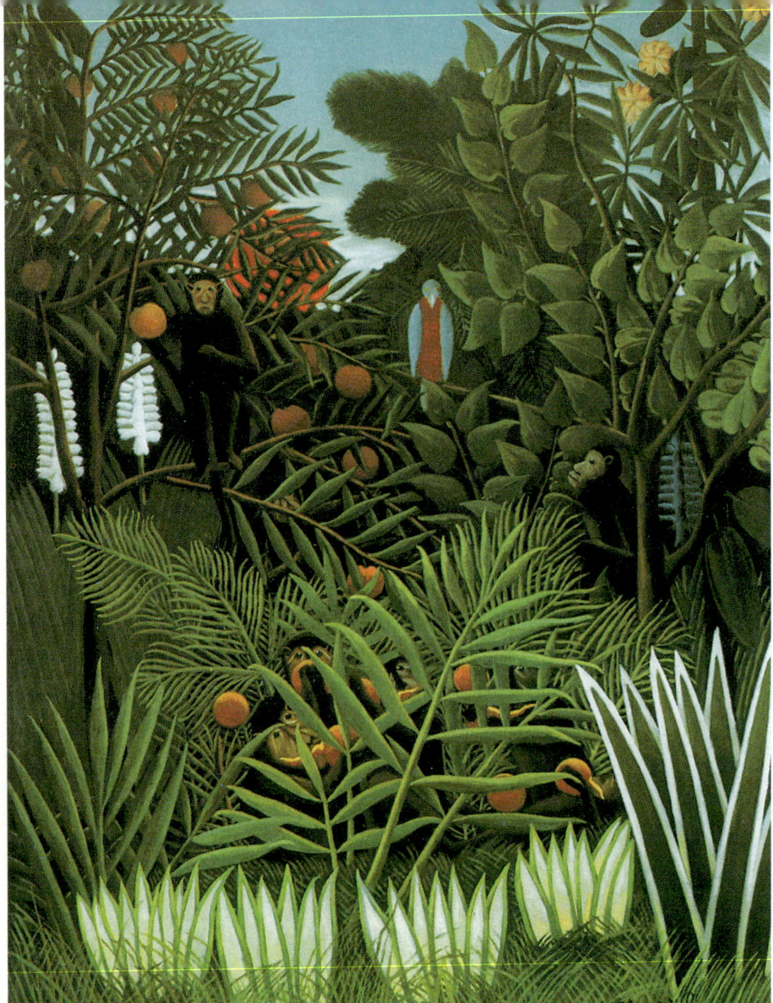

Exotische Landschaft

bleibt er undurchsichtig, dehnt sich weit in die Tiefe des Bildes aus. Rousseau lässt dafür die Bäume im Hintergrund immer kleiner und die Farbabstufungen immer zarter werden.

In den schillerndsten Grünnuancen schwelgen konnte Rousseau, wenn er exotische Wälder malte. Palmen und Trompetenbäume, Aralien und Palmfarne, Sansevierien und Orangenbäume wuchern hier links über die Bildfläche. Einige der prächtigen Gewächse entspringen Rousseaus kraftvoller Phantasie. Am Boden tun Affen sich an Früchten gütlich, andere hocken still im Baum. Man spürt die Feuchtigkeit und Wärme des Dschungels. Fett und intensiv prangen die Varianten des Grüns. Aus dunklen Tiefen des Dschungels dringen die Laute exotischer Tiere – das Kreischen der Affen, das Krächzen, Schnarren und Zwitschern der Vögel.

Wie auf einer Bühne sind die Sansevierien eine neben der anderen mit Blättern von gelblich warmem Weiß angeordnet. Sie scheinen aus sich heraus wie Rampenlichter zu strahlen. Dem kalten Weiß der Blütendolden antwortet der kaltweiße Rand der Sansevierie vorne rechts.

Nicht alle Urwaldbilder Rousseaus sind so friedlich. Nicht alle sind Träume von einem zauberischen Paradies.

Ein rasendes Gewitter fegt über den Urwald hin. Blitze zucken, Regen peitscht. Und wie vom Sturm gehetzt, als sei er in Panik, jagt ein zähnefletschender Tiger durch das dichte Blattwerk. Gilt dieser tollkühne Sprung seiner Beute? Oder ist die Raubkatze selbst auf der Flucht? «Überrascht! – Sturm im Dschungel» ist Rousseaus erstes Urwaldbild.

Nächste Seite: Überrascht – Sturm im Dschungel

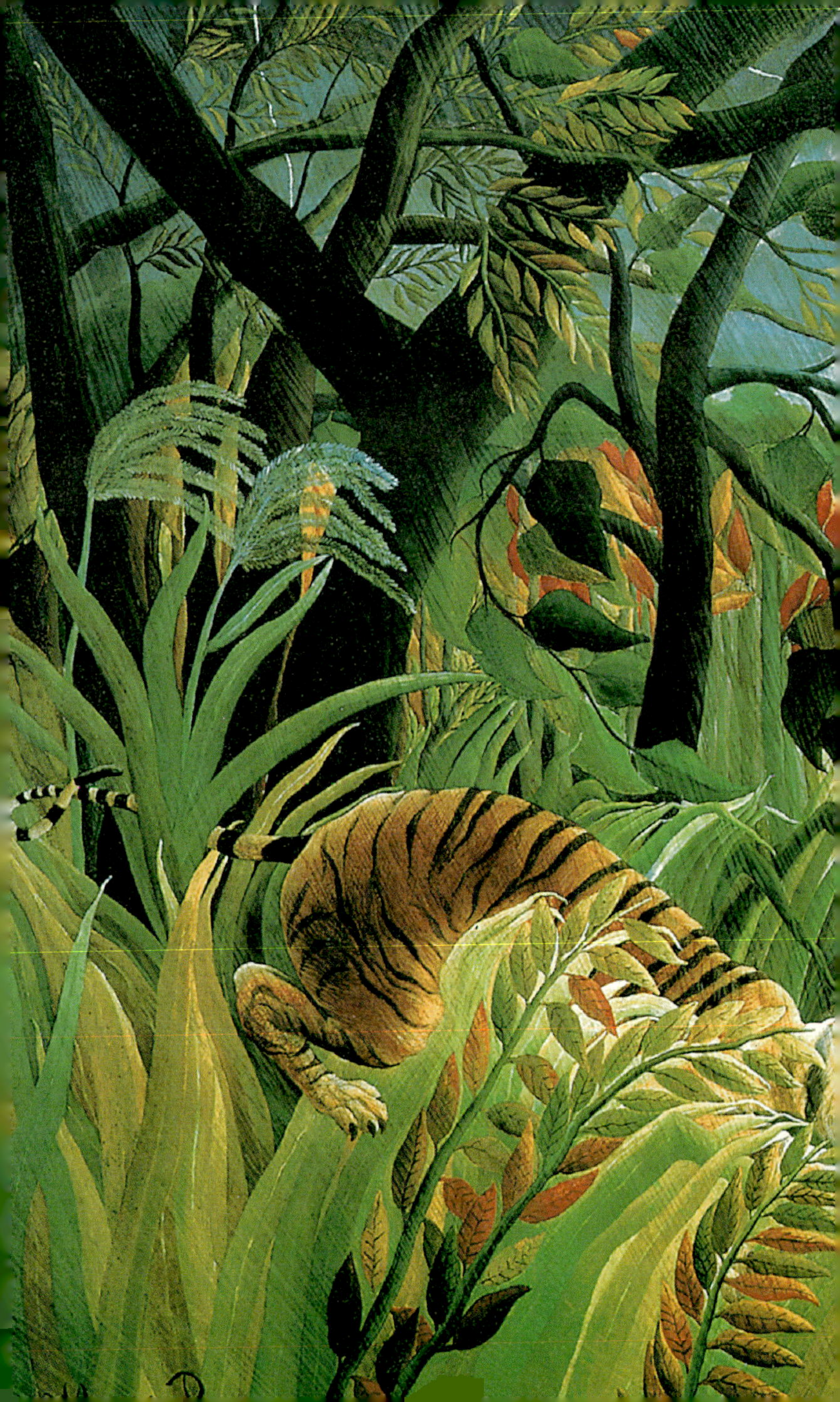

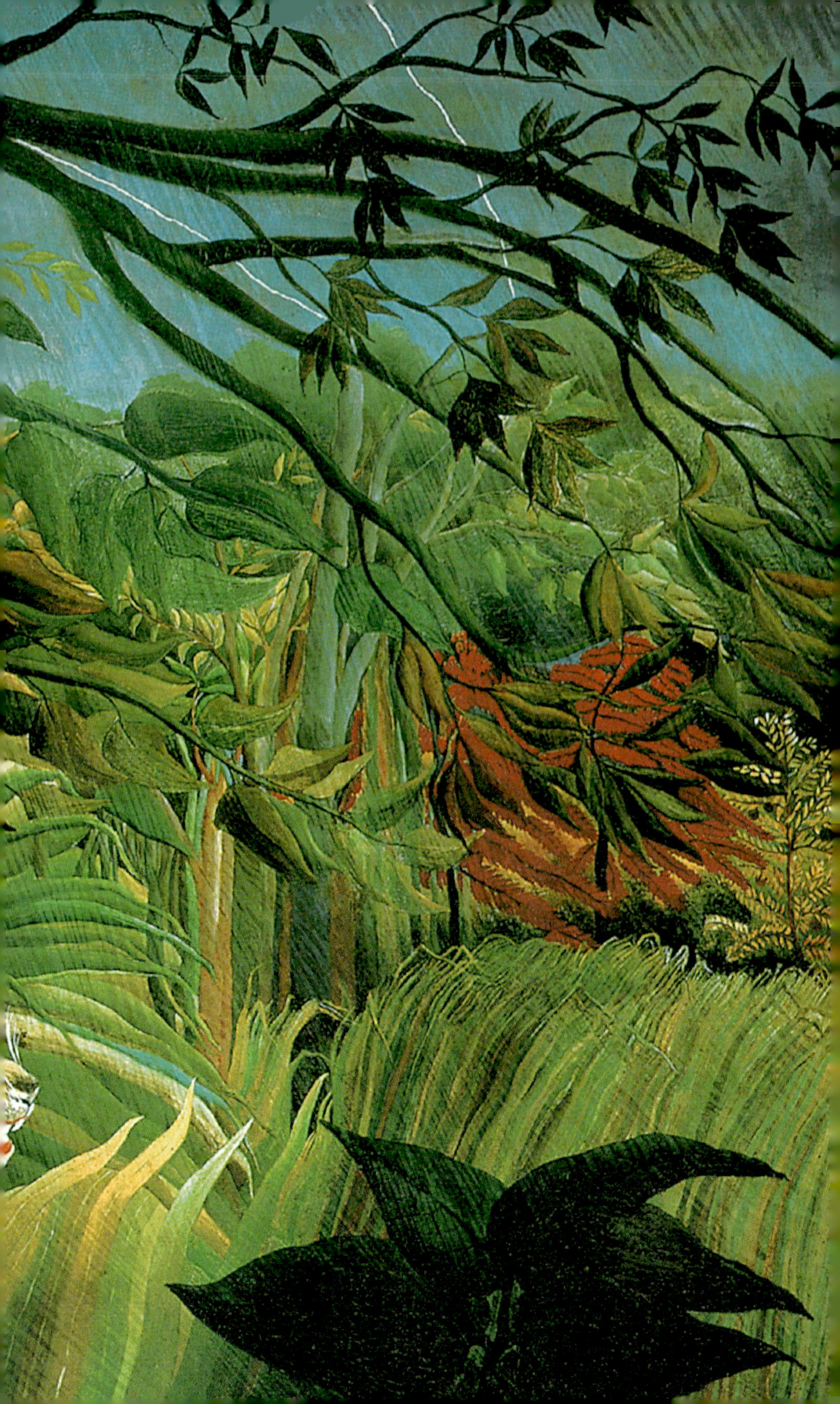

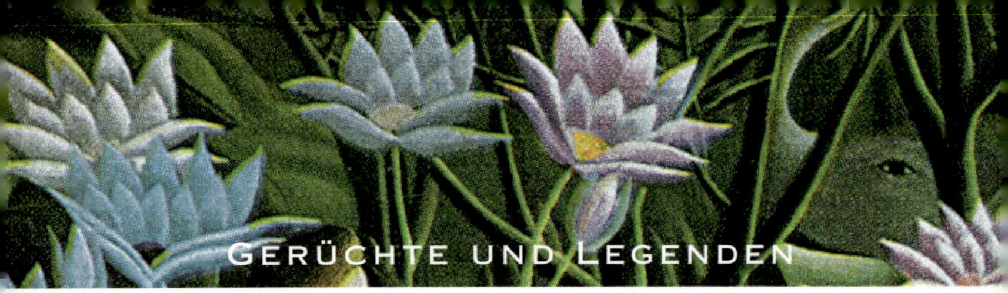

Wie kommt ein Maler aus Frankreich dazu, Urwaldbilder zu malen? So etwas kann nur jemand darstellen, der den Dschungel selbst erlebt hat, meinten einige Zeitgenossen Rousseaus. Und er ließ sich nur zu gern darauf ein, erzählte, er habe an einer Expedition französischer Truppen nach Mexiko teilgenommen. 1863 hatte Napoleon III. die mexikanische Hauptstadt erobert und den Erzherzog Maximilian von Österreich zum Kaiser von Mexiko ausrufen lassen. Nach einem mexikanischen Aufstand mussten die überlebenden französischen Soldaten abziehen, Maximilian wurde erschossen. Rousseau behauptete, von diesem tödlichen Abenteuer als einer der wenigen heil zurückgekehrt zu sein. Mit diesem Schwindel wollte er sich als Held interessant machen und seinen Bildern abenteuerliche Faszination geben. Die Geschichte ist natürlich nur Legende. Rousseau hat ferne Länder nur in seiner Phantasie gesehen. Auch Afrika hat er nie bereist. Zur «Schlafenden Zigeunerin» hat ihn keine Reise in die Wüsten dieses Kontinents inspiriert. Seine Träume von den Tropen stammen aus den Treibhäusern des Botanischen Gartens. Das tut dem Zauber seiner Bilder keinen Abbruch. Auch Karl May kannte den Wilden Westen nicht. Trotzdem schilderte er das Land der Indianer mitreißend und spannend.

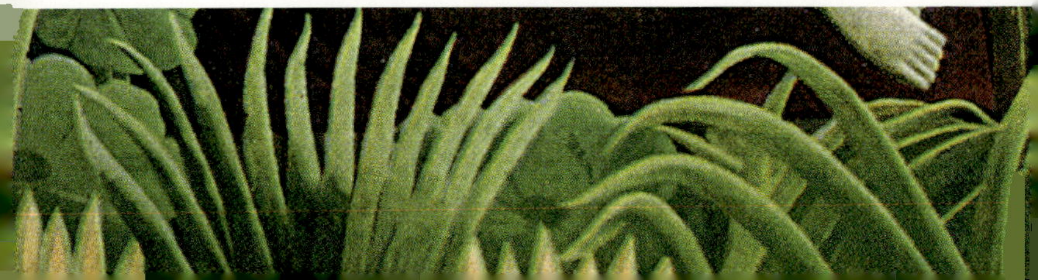

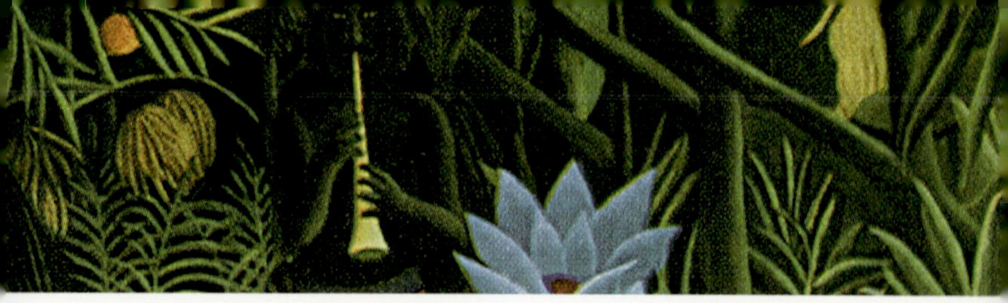

Gern rühmte Rousseau sich einer weiteren Heldentat: So behauptete er, während seiner Stationierung in Dreux 1870 die Stadt vor dem Bürgerkrieg bewahrt zu haben. Stolz berichtete er, wie Armee und Volk ihm zugejubelt hätten: «Es lebe der Sergeant Rousseau!» Tatsächlich hatte er niemals gekämpft.

Offensichtlich hatte Henri Rousseau den rührenden Wunsch, seine kleinbürgerliche Vergangenheit phantastisch auszuschmücken. Er erfand aufregende Dinge, andere verschwieg er lieber. Lebenslang quälte ihn ein Minderwertigkeitsgefühl, weil er nie die Kunstakademie hatte besuchen können. Das richtige Leben hatte für ihn erst begonnen, als er sich vollkommen seiner Malerei widmen durfte.

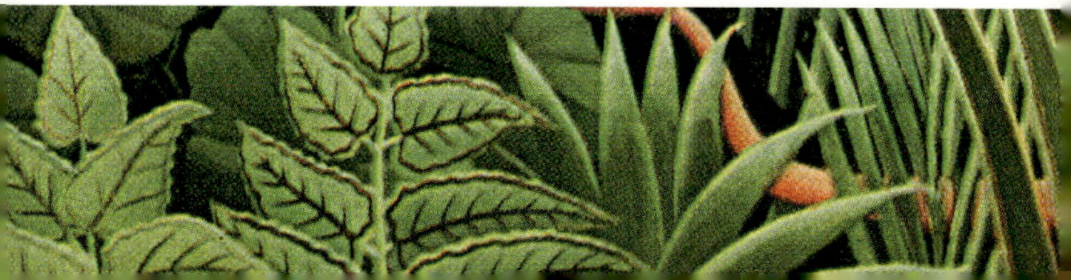

Löwen, Tiger und anderes Getier

Nicht nur die tropischen Gewächse im «Jardin des Plantes» studierte Rousseau für seine Urwaldbilder. Auch Werke anderer Künstler, die er in Museen, Ausstellungen und aus Abbildungen kennen lernte.

So besuchte er wahrscheinlich oft das Musée de Cluny in Paris. Dort sind Bildteppiche aus dem Mittelalter zu sehen. Sie erzählen die rätselhafte Geschichte von einer vornehmen «Dame mit dem Einhorn». Nicht nur das Einhorn, Sinnbild für Reinheit und Tugend, tummelt sich auf den Tapisserien, sondern auch Löwen, Hasen und andere Tiere, inmitten einer reichen Vegetation. Die dekorativ flächige Anordnung der Pflanzen und Blumen, das Märchenhafte und Geheimnisvolle dieser Teppiche müssen Rousseau beeindruckt und seine Malerei beeinflusst haben.

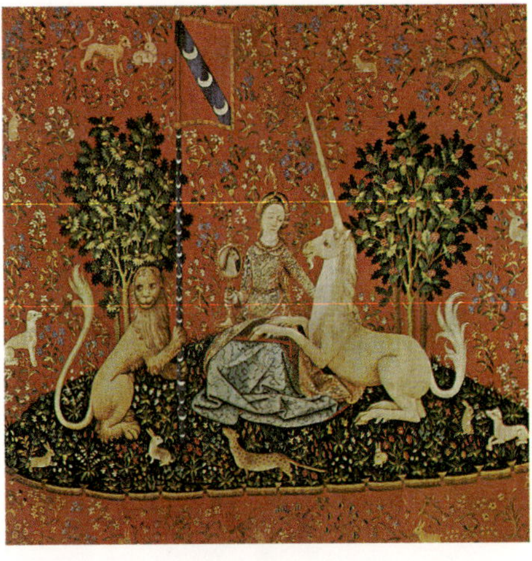

Die Dame mit dem Einhorn

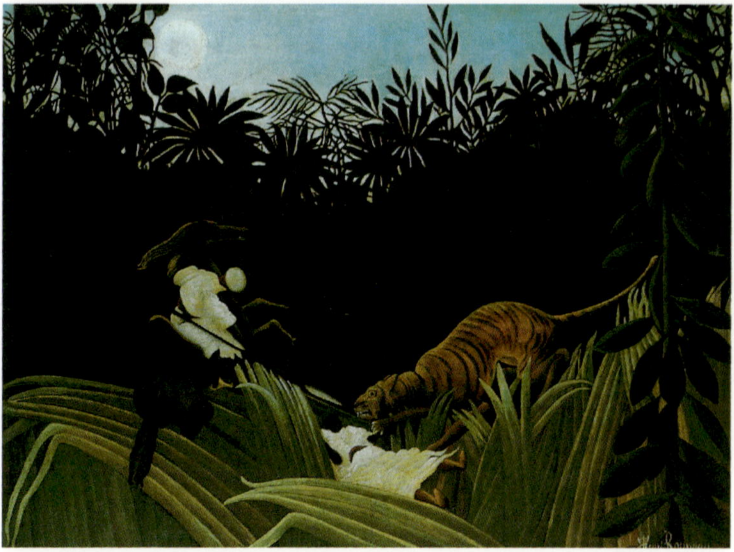

Kundschafter, von einem Löwen angegriffen

Bilder und Vorbilder

Pflanzen, Bäume und Figuren sind auf diesem Urwaldbild streifenförmig ohne Raumtiefe hintereinander angeordnet. Der dunkle Urwald, dessen Blattwerk sich wie ein Scherenschnitt vom monderleuchteten Himmel scharf abhebt, bildet eine undurchdringliche Mauer. In der Bildmitte: Ein Tiger überfällt einen Menschen. Er hat ihm eine blutigrote Wunde gerissen. Der Begleiter zu Pferde versucht, die Raubkatze mit einem Speer von seinem Opfer abzudrängen. Der Reiter ist so mutig wie der legendäre Georg, der die Prinzessin aus den Klauen eines Drachen befreite. Paolo Uccello hatte diese Legende gemalt.

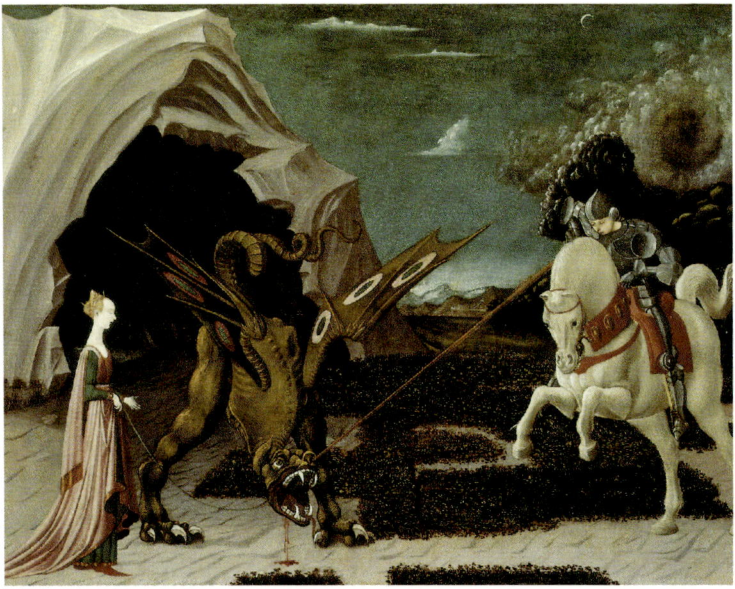

Paolo Uccello: Der heilige Georg und der Drache

Henri Rousseau kannte und bewunderte Uccellos Malerei. Ein glatter Farbauftrag, scharf umrissene Formen von Figuren und Gegenständen, die alles etwas starr, wie im Moment festgefroren erscheinen lassen, und detailverliebte Genauigkeit kennzeichnen die Malweise beider Künstler.

Für den Tiger fand Rousseau Vorlagen bei Eugène Delacroix. Er übernahm aber nicht die freie malerische Darstellung, sondern nur die Körperhaltung des Tieres.

Rousseaus Maltechnik – feiner Pinsel, scharfe Konturen – verstärkt das Unheimliche und Bedrohliche des Dschungels.

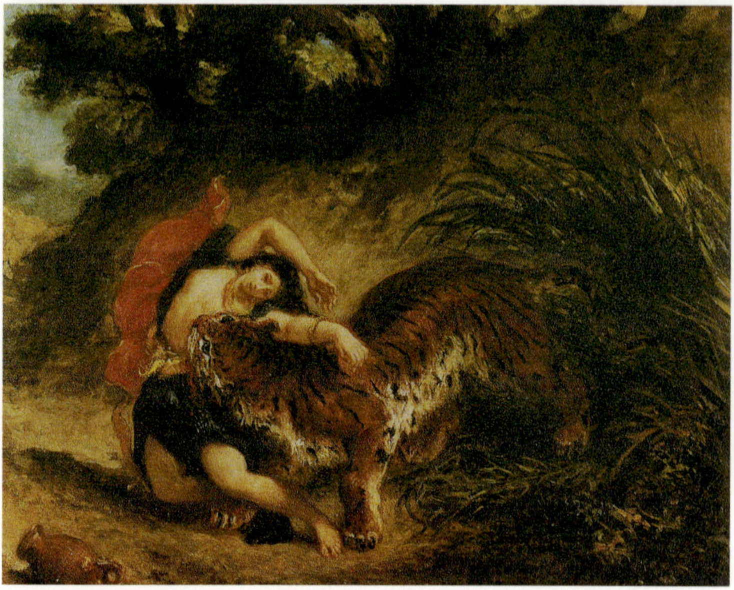

Eugène Delacroix: Inderin, von Tiger zerrissen

Im «Jardin des Plantes» konnte man nicht nur schöne Pflanzen bestaunen. Auch eine merkwürdige Skulptur war zu sehen. Der französische Bildhauer Emmanuel Frémiet hatte sie für das Naturgeschichtliche Museum im Botanischen Garten geschaffen. Vielleicht erinnerte sich Rousseau an diese Darstellung, als er den Kampf zwischen Gorilla und Indianer malte. Sie zeigt einen Gorilla, der einen Mann erwürgt. Er trägt einen Federschmuck wie der Unglückliche auf Rousseaus schaurigem Bild.

Wahrscheinlich nahm Rousseau für seine Bilder auch botanische Bücher oder einen Band über den «Jardin des Plantes» zu Hilfe und vergrößerte die Abbildungen mit

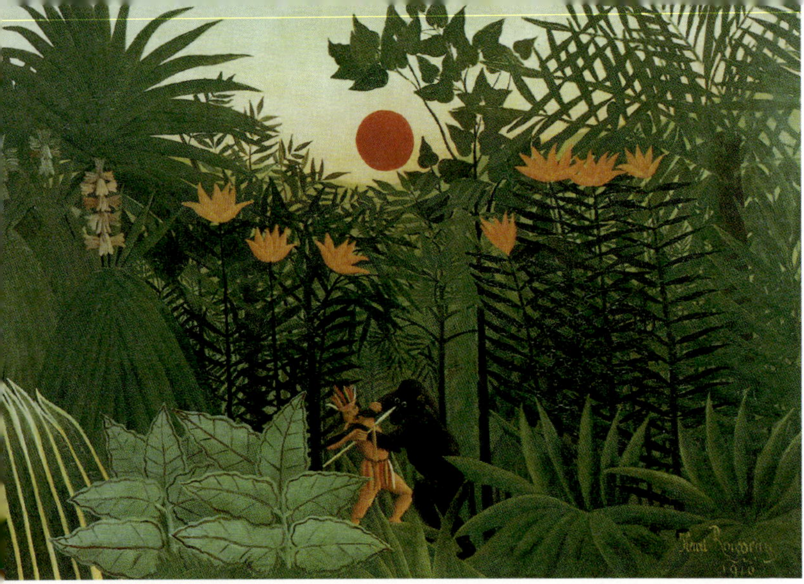

Kampf zwischen Gorilla und Indianer

einem Storchschnabel. Auf einem einzigen Gemälde versammelte er gern die Flora verschiedener Weltgegenden. Größenverhältnisse verwandelte er so, wie es seine Komposition verlangte.

Für Darstellungen exotischer Tiere hatte Rousseau noch andere Quellen. Das Kaufhaus Lafayette hatte ein Album über wilde Tiere («Bêtes sauvages») herausgegeben. Etwa 200 Illustrationen aus dem Leben der Tiere waren darin abgebildet. Niemand aber sollte wissen, dass Rousseau diese Vorlagen benutzte, deshalb versteckte er das Album sorgfältig im Atelier. Erst nach seinem Tod wurde es gefunden.

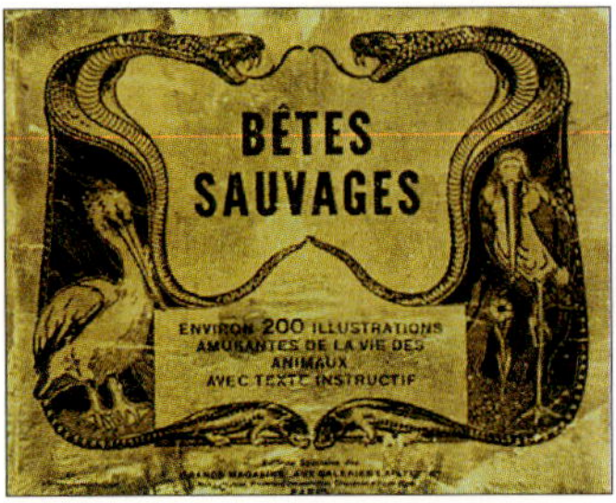

Galéries Lafayette: Wilde Tiere

Das Atelier

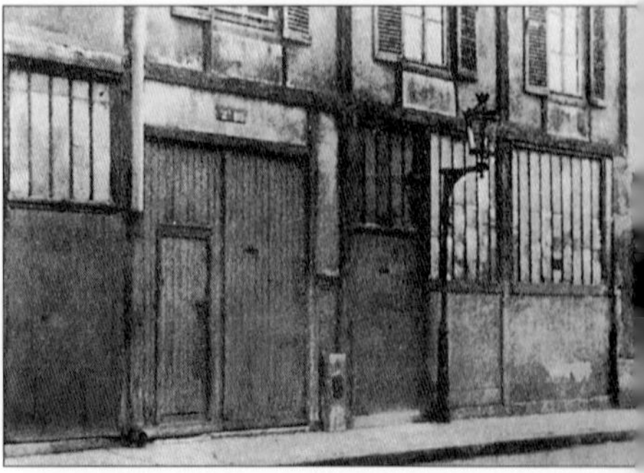

Atelier in der Rue de Perrel

Das Atelier, in dem Henri Rousseau arbeitete, war einfach eingerichtet. Dort lag seine Geige, es gab ein paar Stühle, das rote Sofa der Yadwigha und einen kleinen Ofen, auf dem er sich das Essen kochte. Rings an den Wänden hingen Drucke nach Bildern von Antoine Watteau und eigene Zeichnungen nach der Natur. Frühmorgens begann er mit der Arbeit, machte nur eine Pause, um ein wenig zu essen, und legte erst am Abend den Pinsel wieder aus der Hand. Im Laufe der Jahre verbesserte er seine

Henri Rousseau bei der Arbeit im Atelier

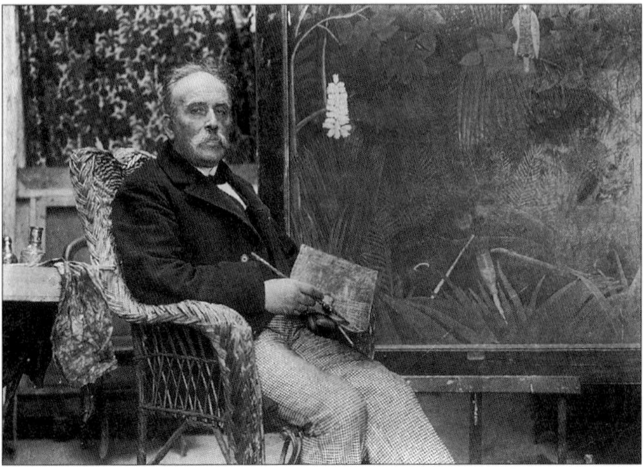

Maltechnik, die er vor allem durch Kopieren von Meisterwerken und durch ständige Übung vervollkommnete.

Der Farbenhändler Foinet, bei dem Rousseau immer anschreiben ließ, erzählte, welche Farbtöne der Maler am häufigsten bestellte: Silberweiß, Ultramarinblau, Kobaltblau, Preußischblau, Krapplack (ein durchsichtiges Dunkelrot), gelben Ocker, Elfenbeinschwarz, Terra di Siena (ein rötliches Braun – italienische Erde), Neapelgelb (ein zartes Rosagelb), Chromgelb. Daraus mischte er seine Farbabstufungen.

Malweise

Rousseaus Freund Delaunay schaute ihm im Atelier oft bei der Arbeit über die Schulter:

> «Rousseau war sehr gütig und sehr gastfreundlich. Er war glücklich, Gäste zu empfangen, selbst wenn er die Palette in der Hand hatte. Er bot ihnen einen Platz an und arbeitete in seinem weißen Kittel weiter. Ich werde nie die müßig verstreichenden Stunden vergessen, in denen er strahlend inmitten seiner Bilder stand. Seine Ruhe und sein innerer Reichtum zogen mich an. Ich suchte ihn oft auf, um ihm abends bei der Arbeit zuzusehen.»

Wie diese Arbeit vonstatten ging, berichtete Delaunay auch:

> «Auf einer Fotografie sieht man den bereits gealterten Rousseau in seinem Arbeitskittel, rechts von ihm befin-

det sich das noch unvollendete Bild ‹Die Muse inspiriert den Dichter›. Teile der Leinwand zeigen schon die endgültige Gestaltung, in anderen sind nur die Umrisse der Figuren angedeutet. Das ist das beste Beispiel für die Arbeitsmethode Rousseaus. Die noch unbemalte Fläche wartet auf die entscheidende Farbe, mit der das Bild dann vollendet ist. Diese Arbeitsweise ist der der alten Meister ähnlich, welche die Wände der Paläste, der Klöster und Kirchen mit ihren Farben bedeckten, oder der der Illuministen, die keine Einzelheit dem Zufall überließen. In einem großen Bilde des Zöllners ist ein Grashalm genauso exakt ausgeführt, genauso bis ins Kleinste durchgezeichnet, wird im Hinblick auf die Form genauso wichtig genommen wie der weit gespannte lichte, schwebend leichte, reine Himmel, der in seiner Malerei einen so großen Raum einnimmt.»

Der Maler Fernand Léger, der Rousseau ebenfalls gut kannte und ihn sehr schätzte, erzählt:

«Oft benutzte er Ansichtskarten. Wenn er sein Bild gezeichnet hatte, begann er mit Farbe, von oben nach unten. Es gab sicher Primitive, die genau gleich arbeiteten. Sie zeichneten zuerst und malten dann sorgfältig aus, den Himmel, die Figuren, die Gegenstände, alles. Rousseau wusste genau, wann er begann, und wusste genau, wann er fertig war. Er kannte von vornherein den Raum, der noch zu machen war, von oben nach unten. Die vollkommene Kenntnis des Weges, auf dem man sich befindet. Zuerst die Zeichnung genau ausgeführt. Er deckte die Fläche seiner Zeichnung, ohne jemals über eine Linie hinauszufahren.»

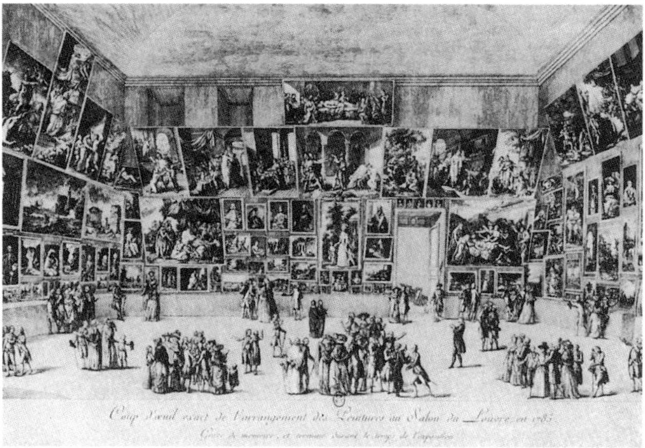

Große Kunstausstellung 1785 im «Salon Carré»

«Wilde» gegen den «Salon»

Henri Rousseaus Malerei hatte nichts zu tun mit den offiziell gewürdigten und geschätzten Werken zeitgenössischer «Salon»-Maler.

Schon seit dem 18. Jahrhundert wurde in Paris regelmäßig mit großem Pomp eine große Kunstausstellung eingerichtet. Sie stellte die neuesten Werke der Künstler Frankreichs vor und wurde «Salon» genannt, nach dem Ort, in dem sie ursprünglich stattfand. Es war der «Salon Carré» im Louvre, dem ehemaligen französischen Königsschloss, das 1793 zum Museum wurde und heute das größte der Welt ist.

Zunächst war der Salon ausschließlich Mitgliedern der

Königlichen Kunstakademie vorbehalten, die der französische König 1648 gegründet hatte. Nach der Französischen Revolution durften aber alle französischen Künstler ihre Arbeiten einsenden. Weil man nur dann Karriere machen und Käufer finden konnte, wenn man auch im «Salon» vertreten war, wollten immer mehr Maler und Bildhauer dort ausstellen. Das Publikum kam scharenweise. In der Woche die Wohlhabenden, an eintrittsfreien Sonntagen drängelte sich das «Volk».

Wer am Salon teilnehmem durfte und wer nicht, entschied eine Jury. Ihre Mitglieder waren angesehene Künstler, die an der Akademie lehrten. Ihr Kunstgeschmack war konservativ, sie hielten lieber am Althergebrachten fest. Künstler, die neue Themen und neue Malweisen erdachten, wurden im Salon kaum angenommen. Das bedeutete, unbekannt zu bleiben, nichts verkaufen zu können und keine Aufträge zu bekommen. Darum versuchte jeder Künstler, in die Reihen der Auserwählten zu gelangen. Misserfolg trieb manchen verzweifelten Abgelehnten sogar in den Selbstmord.

Protest der Abgelehnten

Endlich aber wurde es der Künstlerschaft zu dumm, sich sklavisch nach dem Geschmack der Jury richten zu müssen. Einige Maler mieteten sich selbst Räume, in denen sie die abgelehnten Bilder ausstellten. 1863, als die Jury die Hälfte aller eingereichten Arbeiten zurückgewiesen hatte, war die Empörung so groß, dass Napoleon III. befahl, einen «Salon des Refusés», einen «Salon der Abge-

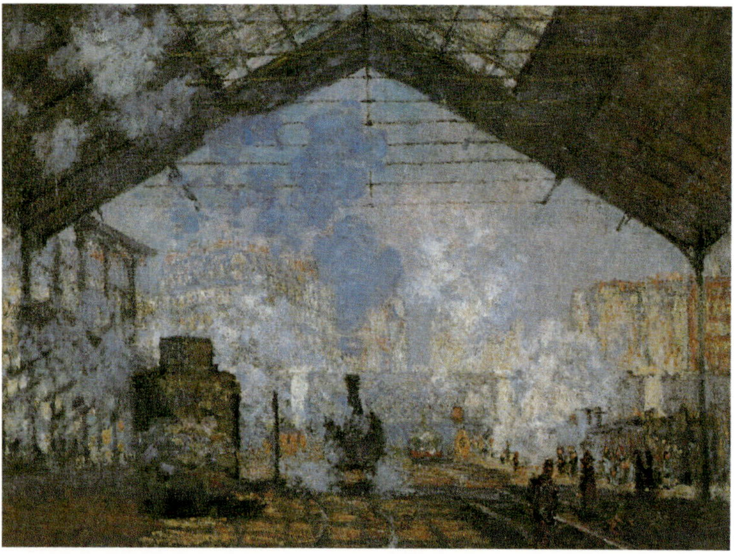

Der Bahnhof St-Lazare, gemalt von dem Impressionisten Claude Monet

lehnten», einzurichten. Nicht etwa, um den Durchgefallenen zu helfen, sondern um aller Welt zu beweisen, wie schlecht ihre Bilder waren, wie richtig das Urteil der Jury. Die Leute strömten nur so in diese Schau. Sie lachten und feixten über die Werke, die sie nicht verstanden. Einige der verspotteten Künstler wurden später als berühmte Maler gefeiert.

Zehn Jahre später veranstaltete die Gruppe der Impressionisten eigene Ausstellungen, unabhängig vom Salon. Die Impressionisten malten nicht im Atelier, sondern am liebsten draußen. Das war bei den «Salonmalern» verpönt. Selbst Landschaftsbilder komponierten sie nach festen Regeln im Atelier. Historische Ereignisse, exotische Szenarien oder Erzählungen der antiken Mythologie waren Motive der Salonmaler. Die Impressionisten dagegen malten den Alltag. Das aufregend Neue aber war, dass sie jeden einzelnen Farb- und Lichtpunkt wiedergaben, wie er sich auf ihrer Netzhaut im Auge abbildete. Sie wollten den spontanen Augeneindruck darstellen. Daher der Name «Impressionisten». Er kommt von dem Wort «Impression» – «Eindruck».

Die Bilder der Impressionisten waren Teppiche aus hingetupften Farben. Die Salonjury fand das schockierend.

1884 schlossen sich die zurückgewiesenen Künstler zur «Gesellschaft unabhängiger Künstler» zusammen. Jeder, der wollte, durfte an den «Salons der Unabhängigen» teilnehmen, ob «Sonntagsmaler» oder Berufskünstler. Dort stellte seit 1886 auch Rousseau aus, der beim offiziellen Salon natürlich keine Chance hatte.

Viele seiner Bilder werden nach dem Jahr ihrer Ausstellung im «Salon der Unabhängigen» datiert, weil man nicht immer genau weiß, wann er sie malte.

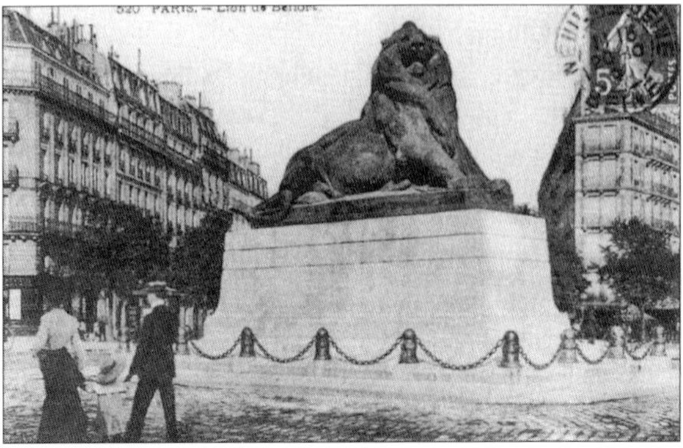

Postkarte vom Löwen von Belfort

Der Ruhmesengel, der auf der Weltausstellung 1878 über dem Trocadéro schwebte, ruft mit seiner Fanfare die Künstler zusammen. Der Löwe von Belfort ist von seinem Denkmalssockel herabgestiegen, um die Freiheit der Künstler zu verteidigen. Der Maler selbst steht vorne rechts.

Dieses Bild belegt, wie wichtig der «Salon der Unabhängigen» für Rousseau war. Lange Zeit war er für ihn die einzige Gelegenheit, seine Malerei der Öffentlichkeit zu zeigen, mit anderen Künstlern zusammenzukommen und in der Presse erwähnt zu werden. Auch wenn das meistens abfällig geschah.

Rousseau befand sich in diesem «Salon der Unabhängigen» in bester Gesellschaft. Zwar waren damals die «Offiziellen» im Urteil der Kritiker und des Publikums die Stars, die Geld verdienten. Heute aber sind sie nahezu unbekannt. Sie hatten zwar eine perfekte Maltechnik, konnten jede Gewandfalte, jeden Lichtreflex genau festhalten. Doch ihre Werke waren langweilig, weil sie ängstlich nichts Neues wagten. Rousseau allerdings bewunderte die erfolgreichen «Malerfürsten». Sie schienen mit leichter Hand zu arbeiten und waren anerkannte Künstler. Heutzutage sind diese einstigen Größen am Sternenhimmel der Kunst kaum im Malereilexikon zu finden. Dafür aber Henri Rousseau, Paul Signac, Georges Seurat, Henri Toulouse-Lautrec, Vincent van Gogh, Henri Matisse. Sie alle waren im «Salon der Unabhängigen» zu sehen und sind heute der Stolz vieler Museen.

Rousseau hat die Malerei dieser Künstlerkollegen er-

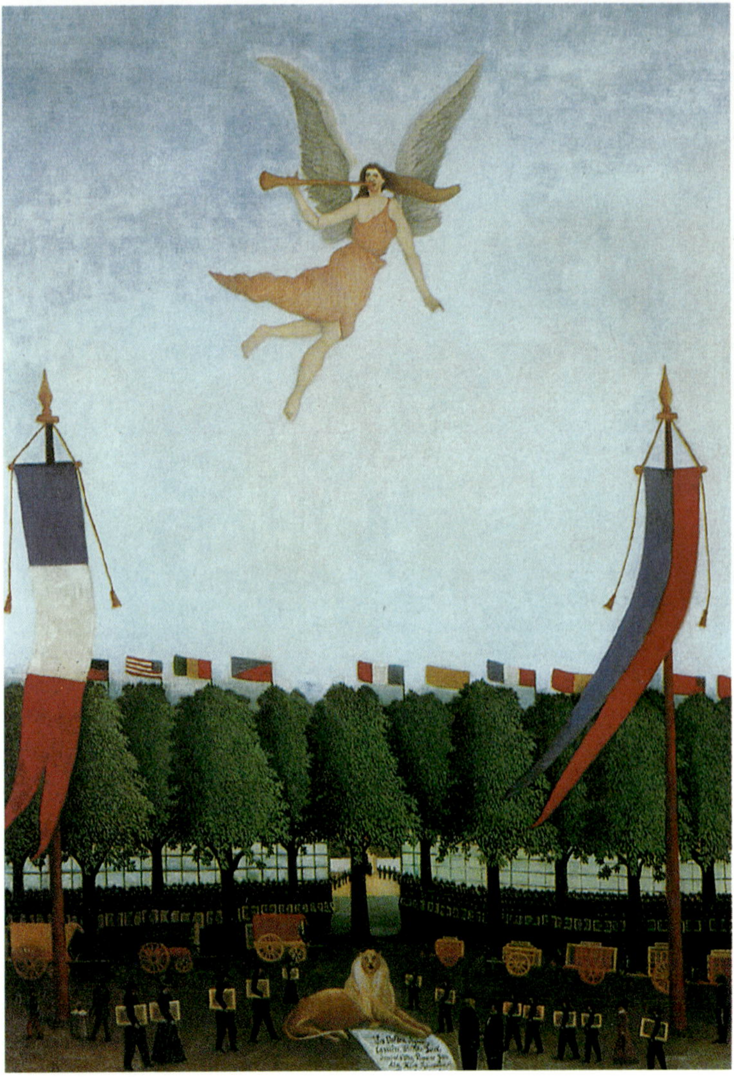

Die Freiheit lädt die Künstler zur Teilnahme an der
22. Ausstellung der Unabhängigen ein.

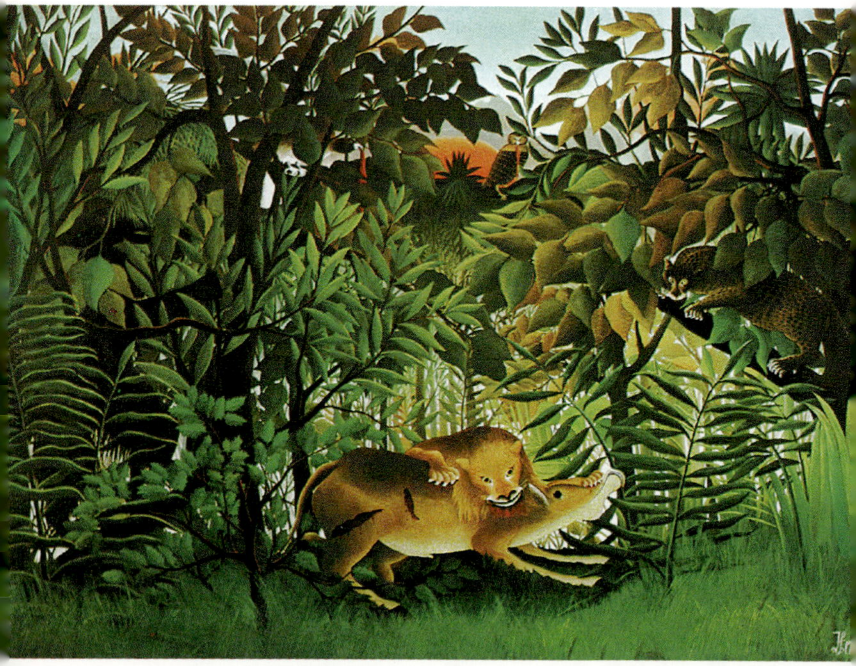

Der hungrige Löwe

staunlicherweise offenbar nicht geschätzt und verstanden. Über ein Bild von Matisse sagte er: «Wenn es wenigstens lustig wäre! Aber es ist traurig und entsetzlich hässlich.» Er schwärmte für die «akademische Malerei» und für den offiziellen «Salon des Artistes Français».

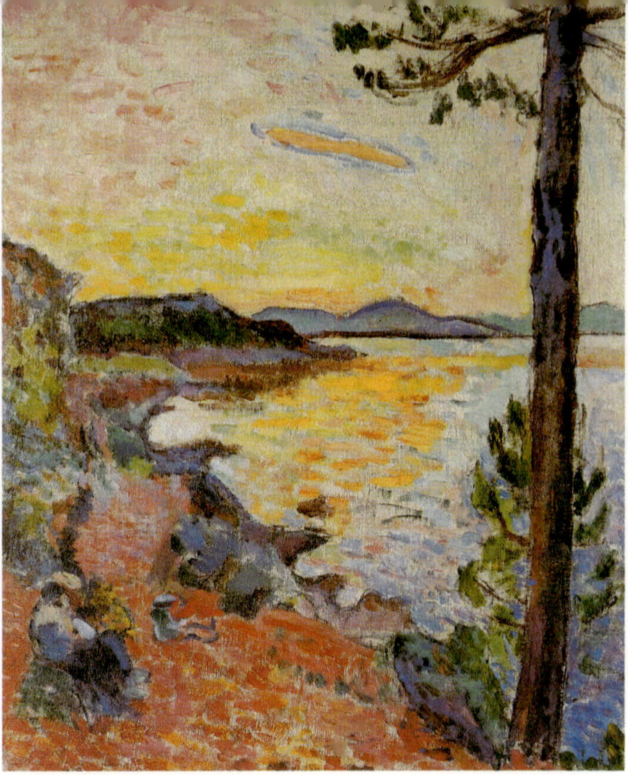

Henri Matisse: Die Bucht von Saint-Tropez

Herbstsalon

1903 gründete man einen neuen Ausstellungssalon, den «Salon d'Automne», den «Herbstsalon».

Zwei Jahre später erregte Henri Rousseau dort mit dem «Hungrigen Löwen», einem riesengroßen Gemälde, Aufsehen. Das Bild wurde von der Jury angenommen und sogar an einem hervorragenden Platz aufgehängt: im Mittelsaal.

Rousseau schrieb dazu:

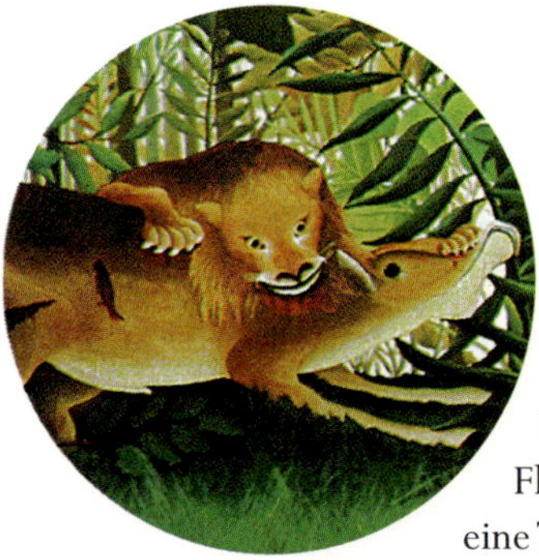

«Der Löwe, der Hunger fühlt, stürzt sich auf die Antilope und frisst sie. Das Pantherweibchen erwartet ängstlich den Augenblick, in dem es auch sein Teil bekommt. Raubvögel haben ein Stück Fleisch des armen Tieres ausgehackt, das eine Träne vergießt. Sonnenuntergang!»

Grausam ist der König der Tiere hier, ganz anders, als er ihn neben der schlafenden Zigeunerin darstellt.

Im Mittelsaal des Herbstsalons wurden auch Arbeiten einer Gruppe junger Maler präsentiert, die ausdrucksstarke – «expressive» –, intensive Farben bevorzugten.

Henri Matisse war der Älteste und Bedeutendste unter ihnen. Ein Kritiker nannte den Raum einen «Käfig wilder Tiere» wegen der «wilden» Farbigkeit der Bilder und gab der Gruppe den Spottnamen «Fauves», die «Wilden».

VIEL SPOTT UND ETWAS LOB

Immerhin gab es auch Lob für Rousseaus Gemälde:

«Es ist eine vergrößerte persische Miniatur, verwandelt in einen riesigen Wandschmuck, übrigens nicht ohne Vorzüge», stand in «Le Temps» zu lesen. Und in der Revue «L'Illustration», die den Herbstsalon auf einer Doppelseite vorstellte, wurde es neben Werken von Matisse, Cézanne und Rouault abgebildet.

Im Übrigen gingen die Kritiker mit Henri Rousseau selten freundlich um. Die meisten nahmen ihn nicht ernst, lachten und spotteten über seine Malerei.

Als Rousseau das Selbstbildnis «Ich-Selbst. Porträt-Landschaft» 1890 im «Salon der Unabhängigen» ausstellte, schrieb eine Zeitschrift:

«Der Künstler hat sich zweifellos aus übertriebener Bescheidenheit als Zwerg wiedergegeben mit zu großem, vielleicht von Gedanken überlastetem Kopf ...»

Der Kritiker des «Kunstjournals» meinte voller Ironie: *«Es fiel mir schwer, mich Henri Rousseau zu nähern, den ich den Clou des Salons zu nennen mir erlaube. Rousseau ist ein Neuerer in der Malerei. Er hat die Porträt-Landschaft erfunden, und ich rate ihm, sich den Titel patentieren zu lassen, denn es gibt bedenkenlose Charaktere, die fähig sind, ihn sich anzueignen.»*

In einer anderen Besprechung: *«Seht euch die Bilder von Rousseau an, liebe Leser, sie werden euch zum Lachen bringen und für drei Groschen Unterhaltung geben.»* Oder: *«H. Rousseau hat bestimmt nicht seine Hände zum Malen benutzt.»* Als «ein Opfer des Pinsels» wurde er verlacht.

Auch «Die schlafende Zigeunerin» wurde im «Salon der Unabhängigen» 1897, wo sie große Aufmerksamkeit erregte, von der Kritik ironisch-abfällig aufgenommen: «Die schlafende Prinzessin *von H. Rousseau ist ein reines Meisterwerk! Man liest darunter: Das Raubtier, obwohl es wild ist, zögert, sich auf sein Opfer zu stürzen, das vor Ermüdung fest eingeschlafen ist. Das Publikum lacht sich krank!»* und: *«Rousseau sucht den leichten Ruhm des Lächerlichen.»*

Kein Wunder, dass das Bild in einer Klempnerwerkstatt landete!

Pierre Lotis Porträt übrigens kaufte der Schriftsteller Courteline für ein paar Francs, um es in sein «Museum des Schreckens» aufzunehmen. Nach dem Tode Rousseaus, als die Preise für dessen Arbeiten rasch gestiegen waren, konnte er es dann zu seiner großen Verwunderung für viel Geld verkaufen.

Ob bösartig, abwertend oder gut gemeint, Rousseau schnitt sämtliche Kritiken aus und klebte sie sorgfältig in ein Heft, manche sogar zweimal. So stolz war er offensichtlich, überhaupt erwähnt zu werden.

Bewunderer

Alfred Jarry war einer der Ersten, die ein wirkliches Interesse an Rousseau hatten. Ihm verdankte er die Bekanntschaft zu den bedeutendsten Künstlerkollegen seiner Zeit. Zum Zeitpunkt ihres Kennenlernens 1893 war Rousseau fast 50 Jahre alt, Jarry gerade 20. Er hatte Kontakte zu angesehenen Schriftstellern. Man wunderte sich, warum ein hochintelligenter junger Mann wie Jarry sich ausgerechnet mit einem kauzigen Maler befasste, den niemand so recht ernst nahm. Legenden ranken sich um diese Freundschaft. Wahrscheinlich trafen sich die beiden sogar nur zufällig, weil sie nah beieinander wohnten. Und sie hatten etwas gemeinsam: Beide stammten aus Laval.

Jarry, eine schillernde Persönlichkeit, konnte Spießer und Langeweile nicht ausstehen. 1896 verursachte er mit seinem Drama «König Ubu» einen öffentlichen Skandal. Er hatte eine Vorliebe für alles Seltsame, Ungewöhnliche und Absurde, vermischte gern Spott und Ernst. In der Kunst zählte für ihn vor allem, der Phantasie freien Lauf zu lassen. Vor akademischen Schulen hatte er keinen Respekt, die «Regeln» der Kunst beachtete er nicht. Wichtiger waren ihm allein Erfindungsreichtum und Ursprünglichkeit. Die fand er in Rousseaus Bildern.

Dessen großes Gemälde «Der Krieg» beeindruckte Jarry ungeheuer. «Der Krieg», eine Frau mit struppigem schwarzem Haar, im zerfetzten Gewand, eine Lanze und eine rußige Fackel in den Händen, galoppiert auf einem wüsten Rappen über tote und halb tote Leiber hinweg, die am Boden einer zerstörten Landschaft liegen. Schwarze

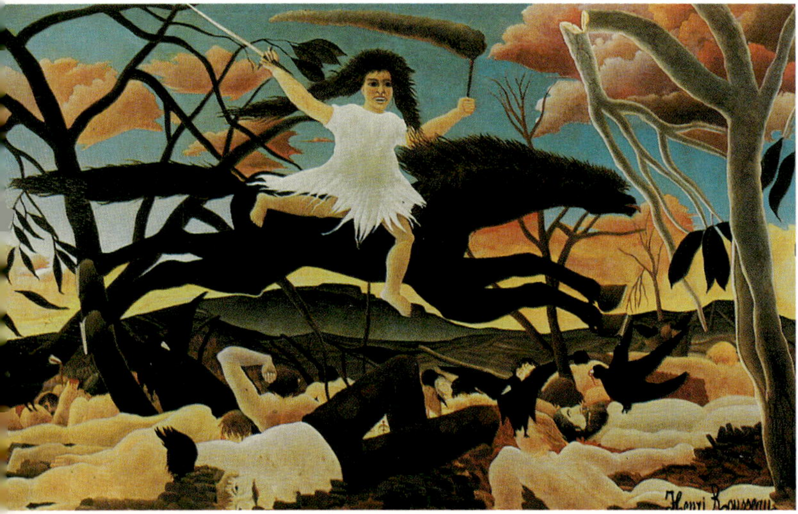

Der Krieg

Vögel hacken Fleischstücke aus den Leichen. Kaltes Blau, blutiges Rot, giftiges Gelb, hartes Weiß und düsteres Schwarz sind die Farben des Bildes.

Jarry bat Rousseau um eine Lithographie nach diesem Motiv. Er veröffentlichte sie in der Kunstzeitschrift «L'Ymagier», deren Mitbegründer er war. Dort wurden fast nur Bilder, wenige erläuternde Texte abgedruckt. Die Art und Weise der Abfolge der Abbildungen sollte die Wahrnehmungsfähigkeit des Betrachters schulen und Erklärungen überflüssig machen.

Jarry arrangierte einen wohlwollenden Artikel im «Mercure de France» über das Gemälde «Der Krieg». Es wurde als das «bemerkenswerteste Bild» im «Salon der Unabhängigen» des Jahres 1894 hervorgehoben:

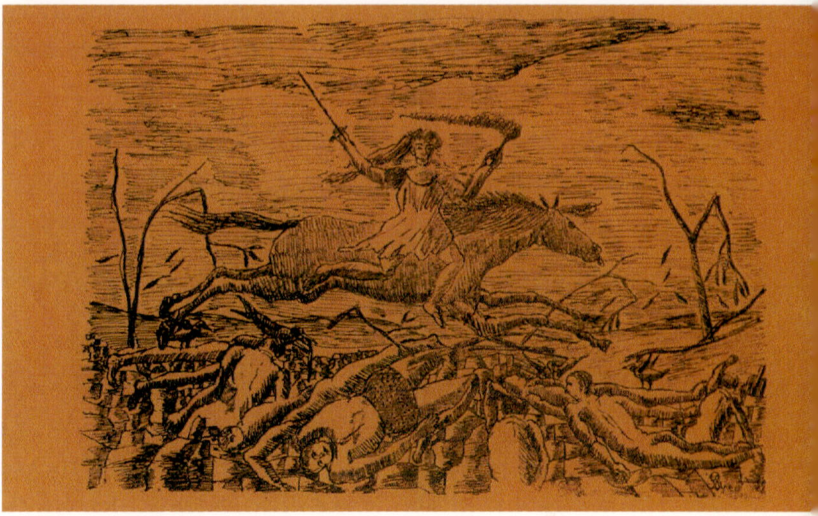

Der Krieg (Lithographie)

«Der Künstler, welcher das malte, behauptet sich als Persönlichkeit: Sein Bild kann nur deshalb fremdartig wirken, weil es an nichts erinnert, was man schon gesehen hat. Warum sollte das Seltsame Anlass zum Spott sein? . . . In unserer Gesellschaft wird der Mensch im Allgemeinen dazu erzogen, alles zu ordnen, zu nummerieren, zu benennen und in viele kleine Kästchen einzuschließen. Jeder Teil der Schöpfung muss unbedingt in ein Fach gepresst werden, sonst kann der verwirrte und verärgerte Mensch nichts begreifen und bezeichnet schnell, was sein Geist nicht zu durchdringen vermag, als absurd. Mit anderen Worten: Einfach, wie der Mensch ist, maßt er sich an, zu erklären: ‹Ich verstehe das nicht, also ist es verrückt.› Henri Rousseau erging es wie allen Neuerern. Er arbeitet ganz allein und hat das heute

> seltene Verdienst, absolut eigenständig zu sein. Dieser im Ganzen sehr interessante Versuch hat trotz gewisser Schwächen manche große Qualitäten ... Dieses Gemälde drückt Trostlosigkeit aus, die ein nicht wieder gutzumachendes Unheil verursacht hat. Bald wird es nichts Lebendiges mehr geben ... Welche Besessenheit, welcher Alptraum! Wie packend ist der Eindruck unüberwindlicher Trauer! Man muss bösen Willens sein, um zu behaupten, ein Mann, der solche Vorstellungen suggerieren kann, sei kein Künstler.»

Möglicherweise war es Jarry, der auf die Idee kam, «Die schlafende Zigeunerin» dem Bürgermeister von Laval zum Kauf anzubieten. Denn als er 1897 für einige Wochen bei Rousseau wohnte, hing das Bild im Atelier des Malers.

Von seinem Freund Alfred Jarry malte Henri Rousseau ein Porträt mit dem Chamäleon, das der Dichter sich als Haustier hielt. Leider ist dieses Bild, wie viele andere, verloren gegangen.

Lobgesang vom Dichter

Der Kunstschriftsteller und Dichter Guillaume Apollinaire wollte Rousseau unbedingt kennen lernen, nachdem Jarry ihm von dem malenden Zöllner erzählt hatte. Apollinaire hieß eigentlich de Kostrowitsky. Er war spottlustig und launisch. Wieder fragten sich kritische Beobachter, ob die Verehrung dieses Intellektuellen für den angeblich so naiven «Zöllner» ernst gemeint oder nur ein groß angelegter Witz war.

Apollinaire arbeitete als Kunstkritiker. Seine Meinung

hatte Gewicht. Als Rousseau «Yadwigha» zum «Salon der Unabhängigen» schickte, bat er den Freund um eine gute Besprechung, die «alle Beschimpfungen und Beleidigungen rächen» sollte. Apollinaire enttäuschte Rousseau nicht. Am 18. März 1910 konnte jeder lesen:

> «Er sandte ein großes Bild, das er ‹Traum› nennt; auf einem Sofa von 1830 schläft eine nackte Frau. Um sie herum blüht eine tropische Vegetation, die von Affen und Paradiesvögeln bewohnt ist, während ein Löwe und eine Löwin still vorüberziehen, ein Neger – Verkörperung des Geheimnisses – spielt die Flöte. Von diesem Bild geht eine Schönheit aus, das ist unbestreitbar – ... Ich glaube, dass in diesem Jahr niemand wagen wird, darüber zu lachen ... Fraget nur die Maler danach. Alle sind darin einig, sie bewundern. Sie bewundern alles, das sage ich Euch ... Sogar das Kanapee Louis-Philippe, das sich im Urwald verlaufen hat, und sie haben Ursache dazu ...»

Poet mit Muse

1909 bestellte Apollinaire bei Henri Rousseau ein Doppelbildnis von sich und seiner Lebensgefährtin, der Künstlerin Marie Laurencin. Er behauptete, Rousseau habe dafür sein Gesicht mit dem Zentimetermaß ausgemessen, um die exakten Größenverhältnisse auf die Leinwand zu übertragen. Trotzdem gibt das Porträt keinen der beiden so wieder wie etwa eine Fotografie. Kritiker meinten, Apollinaire sei nicht gut getroffen. Merkwürdig, denn Rousseau hatte den Dichternamen im Titel nicht genannt. Das Modell selbst schrieb dazu:

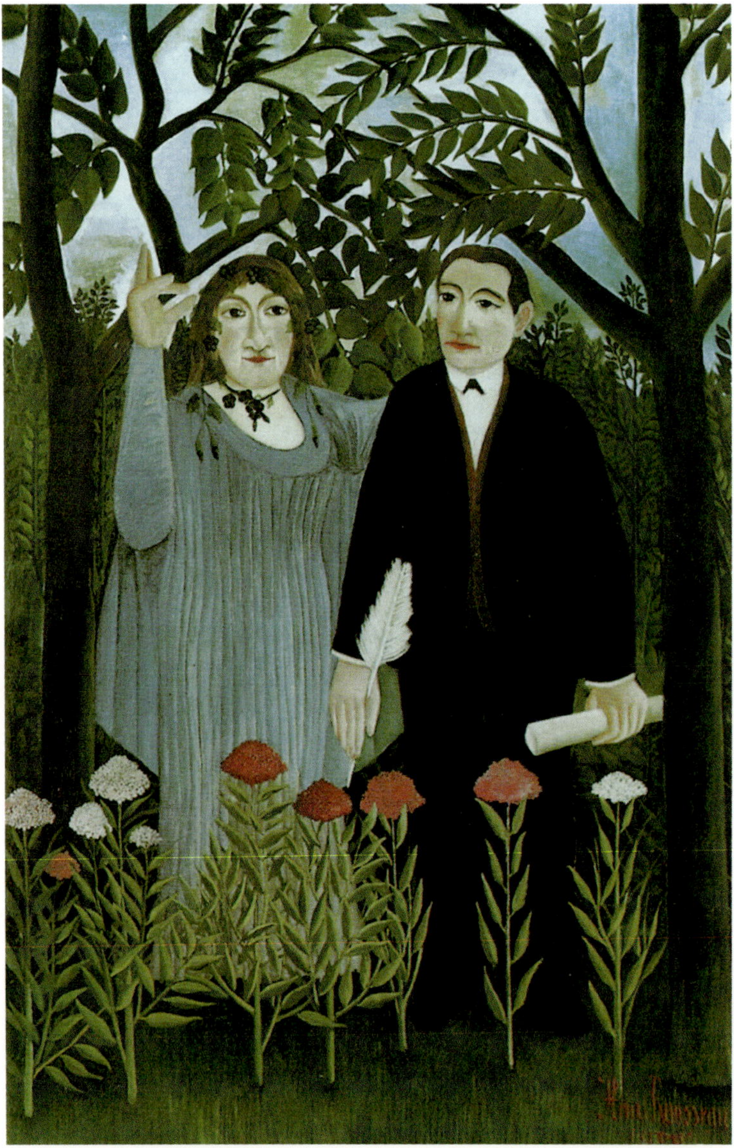

Die Muse inspiriert den Dichter. Zweite Fassung mit Nelken

«… was die Ähnlichkeit angeht, waren sich alle einig: Sie war gleich null. Das wunderte mich. Wenn das Porträt mir nicht gleichen sollte, wie konnte man mich dann erkennen? … das Bild war nur betitelt: *Die Muse inspiriert den Dichter*. … Wie kommt es, dass alle Zeitungen trotz der Angabe im Katalog das Bild ‹Die Muse Apollinaires› oder ‹Apollinaire und seine Muse› oder ‹Der Dichter Guillaume Apollinaire, von seiner Muse inspiriert› nannten?»

Fotografische Ähnlichkeit ist Nebensache. Jeder erkannte den Dichter, aber man störte sich daran, dass sein Porträt nicht den üblichen Regeln der Darstellung entsprach. Vielleicht beschwerte sich Marie Laurencin, sie sei auf dem Gemälde zu dick geraten. Für die Komposition des Bildes hat sie allerdings den richtigen Umfang. Rousseau war übrigens der Meinung, ein großer Dichter brauche auch eine große Muse. Als Kennzeichen seines Berufs hält der Poet Papierrolle und Federkiel in den Händen. Marie Laurencin legt ihre Linke auf seine Schulter, die erhobene Rechte zeigt, dass sie ihm Bedeutungsvolles mitzuteilen hat. Als Muse ist ihr Haar passend zum Kleid mit blauen Blumen bekränzt. In den Vordergrund setzt Rousseau eine Reihe Nelken. Sie gelten als Blumen der Dichter. In einer ersten Fassung des Bildes hatte er versehentlich Levkojen gemalt. Angeblich fertigte er aus diesem Grund eine zweite Fassung an.

Apollinaire war mit den Wegbereitern der Moderne befreundet, mit Pablo Picasso und Georges Braque, die gerade einen neuen Kunststil erfunden hatten, den Kubismus.

Sie brachten Dinge, die sie darstellten – Saiteninstrumente, Flaschen, Gläser und Früchte oder auch Personen, die sie porträtierten –, nicht nur von einer Seite gesehen ins Bild, sondern von mehreren zugleich. Lange Zeit hatten die Maler mit allen erdenklichen Kunstgriffen ver-

Georges Braque: Die Musikinstrumente

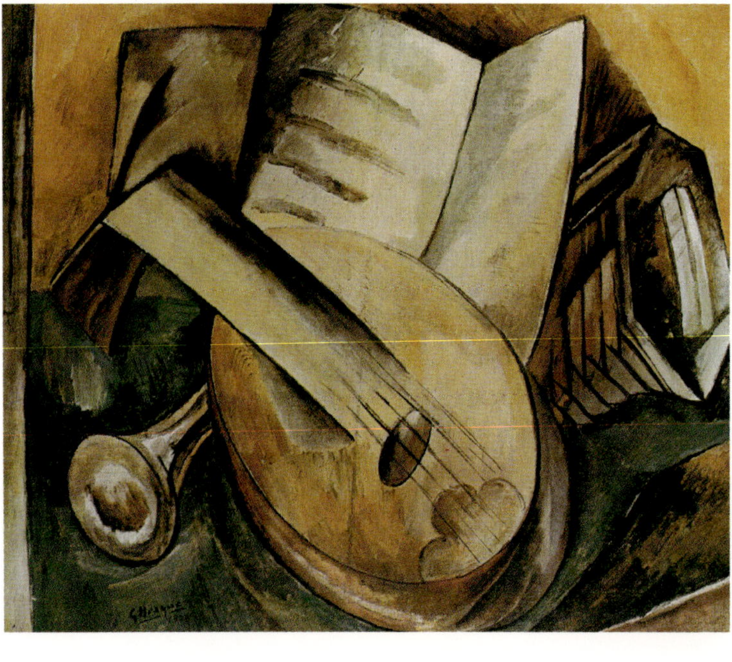

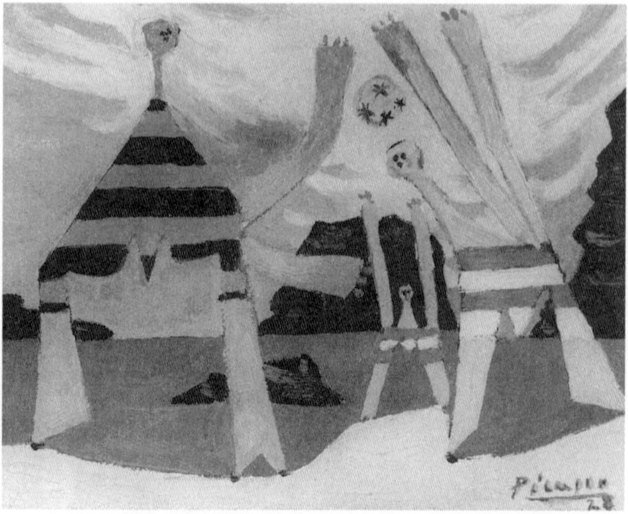

Pablo Picasso: Die Badenden

sucht, mit ihrer Malerei das Auge zu überlisten und einen Ausschnitt der Welt möglichst wirklichkeitsgetreu vorzuspiegeln. Jetzt demonstrierten Picasso und Braque, dass ein Bild eine mit Farben bedeckte Fläche ist. Eine Welt für sich, die nach eigenen Regeln aufgebaut ist. Auf der Suche nach neuen, unverbrauchten Formen sah sich Picasso in der Kunst der Iberer, der Afrikaner und der Südseevölker um.

Picasso, von den Avantgardemalern schon damals als große Begabung erkannt, fand Rousseaus Malerei bemerkenswert. Für die langweiligen «Salonmaler» hatte er nichts übrig. An Rousseau begeisterte ihn, dass er gegen alle Widerstände und Misserfolge unermüdlich malte. Er bewunderte seine Energie, das Geheimnisvolle, Fremd-

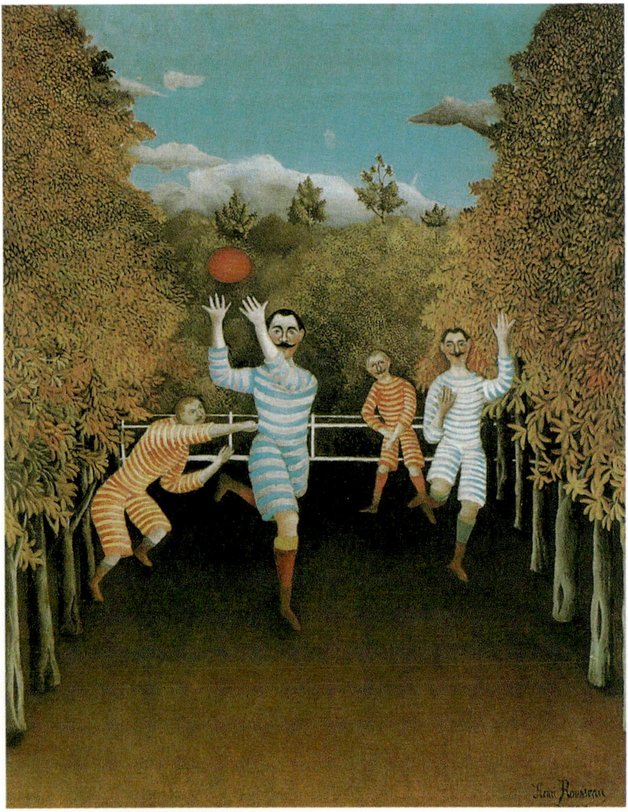

Henri Rousseau: Ballspieler

artige seiner Bilder und ihre Ursprünglichkeit. Eigenschaften, die Picasso selbst in der Kunst fremder exotischer Völker suchte. Picasso war schon mit sechzehn Jahren ein Meister gewesen, konnte vollendet malen und zeichnen. Er wollte aber alles Können möglichst vergessen, weil es ihn daran hinderte, etwas Neues zu versuchen.

1928 malte Picasso die badenden Frauen am Strand – ähnlich wie Rousseau zwanzig Jahre zuvor die Ballspieler gemalt hatte.

Auch Robert Delaunay, Picassos Freund, schloss mit Rousseau Freundschaft. Er suchte ebenfalls neue Wege in der Malerei. Ihn interessierte vor allem die Wirkung der einzelnen Farben und ihre Veränderung je nach Kombination mit anderen Farben. Durch eine raffinierte Auswahl von Farbkontrasten versuchte er, den Eindruck von Bewegung und Rhythmus hervorzurufen. Delaunay verehrte den über 40 Jahre älteren Rousseau geradezu schwärmerisch.

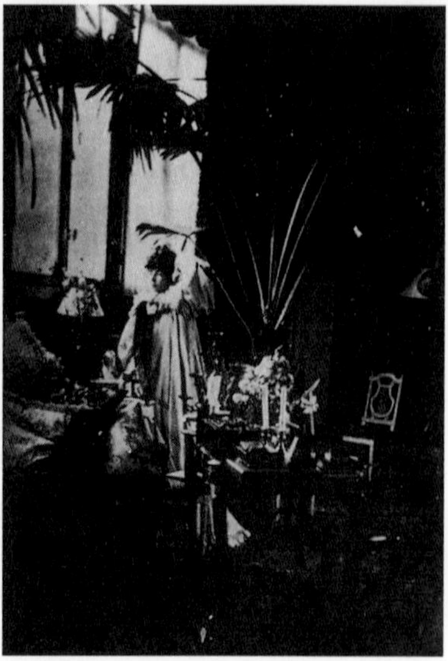

Madame Delaunay in ihrem Salon

Seine Mutter führte einen Salon, in dem sich Künstler und Schriftsteller trafen. Rousseau war dort oft zu Gast. Madame Delaunay hatte Indien bereist. Ihre Berichte darüber begeisterten den Maler der Dschungelbilder.

Mond und Zauber

Als seine Gastgeberin ein Bild bei ihm bestellte, malte er die geheimnisvolle, dunkelhäutige «Schlangenbeschwörerin». Verführten ihn die indischen Reiseerzählungen der Auftraggeberin in ihrem mit tropischen Pflanzen ge-

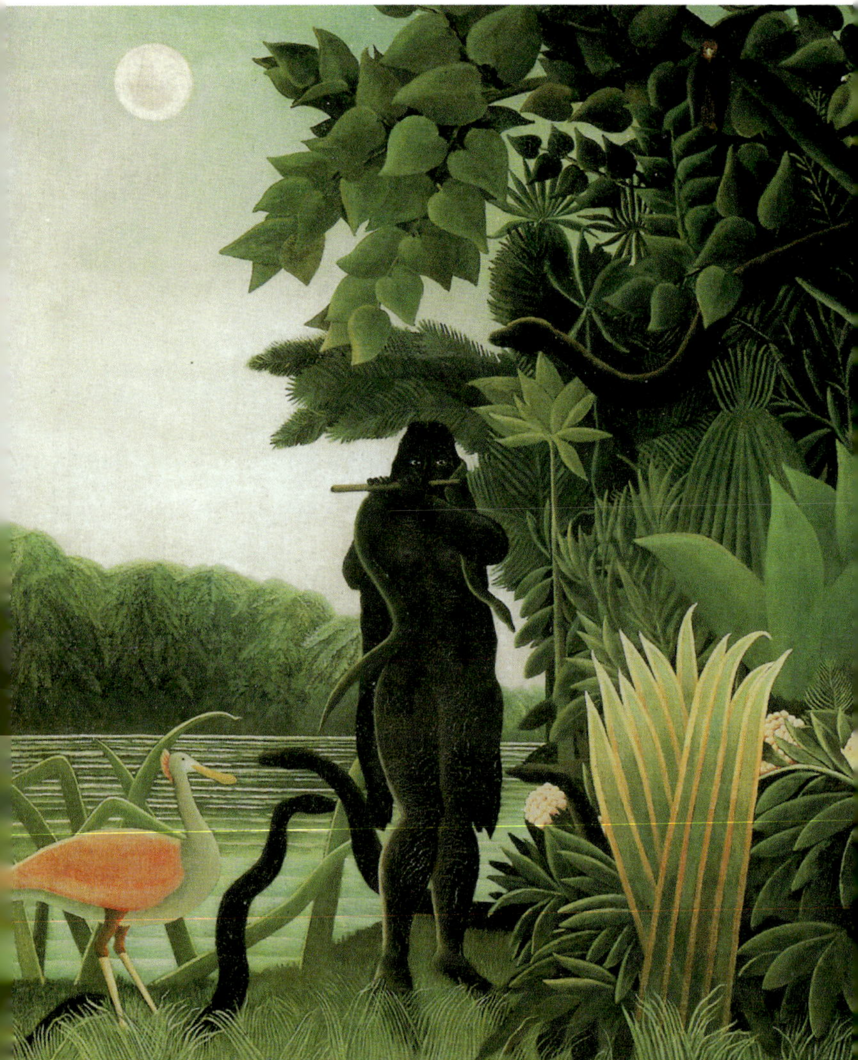

Die geheimnisvolle Schlangenbeschwörerin für Madame Delaunay

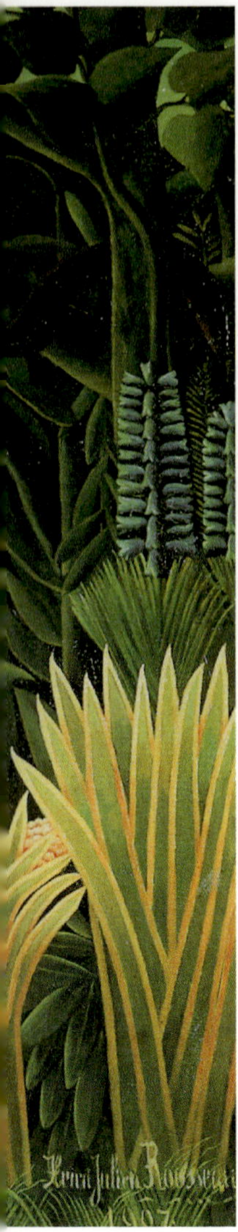

schmückten Salon dazu? Oder waren es die Auftritte einer Schlangenbeschwörerin im Zirkus Molier, die ganz Paris besuchte? Oder war es der Traum von einem unberührten Paradies?

«Die Schlangenbeschwörerin» ist eine schwarze Magierin, die die Tiere mit ihrem zauberischen Flötenspiel und dem faszinierenden Blick ihrer durchdringenden Augen bändigt. Sie ist nackt wie Eva im Garten Eden.

Die gefährlichen Schlangen gehorchen ihr. Sie werden ihr nichts tun. Unendliche Ruhe liegt über dem Blätterdickicht und dem Wasser. Weich und sanft wie die Luft und die Musik sind die Farben: Grün in vielen Schattierungen, helles Blau, blasses Gelb, zartes Rosa und tiefes, samtiges Schwarz. Der Vollmond wirft schimmernde Lichtreflexe auf die Wasserfläche und den Körper der Schlangenbeschwörerin. Die Sansevierien und die üppigen Blütendolden leuchten. Unergründlich ist die dunkelhäutige Zauberin, ganz wie ihre Schwester, die schlafende Zigeunerin. Beide haben magische Kräfte, sind geheimnisvolle Fremde.

Delaunay vermittelte den Auftrag für dieses Gemälde und unterstützte Rousseau, indem er etwa zwanzig weitere kleinere Bilder von ihm kaufte. Nicht nur, weil der alte Künstler immer in Geldschwierigkeiten war. Delaunay schätzte Rousseaus Malerei aufrichtig. Sie hinterließ Spuren in seinem eigenen Werk.

Den Eiffelturm malte Delaunay wieder und wieder, wenn auch in einer Weise, die Rousseau nicht verstand.

«Aber warum hat Robert den Eiffelturm zerbrochen?», fragte er einmal. Delaunay «zerbrach» den Eiffelturm, um ihn aus verschiedenen Blickwinkeln zu zeigen. So wie das Auge des Betrachters, der vor dem hohen Turm steht, ihn nicht mit einem Blick als Gesamtform erfassen kann. Es muss ihn abtasten und die verschiedenen Ansichten zu einem Gesamtbild zusammensetzen.

Delaunay sorgte dafür, dass Henri Rousseau den deutschen Kunstschriftsteller und Sammler Wilhelm Uhde kennen lernte, der in Paris lebte. Uhde setzte sich für Rousseau ein, kaufte Bilder und vermittelte ihm die einzige Einzelausstellung seines Lebens. Schon ein Jahr nach dem Tod des Malers veröffentlichte er ein Buch über ihn und organisierte bald darauf die erste große Ausstellung der Werke Rousseaus.

Nicht einmal Robert Delaunay, der ein aufrichtiger und enger Freund Rousseaus war, konnte beurteilen, wie Rousseau, der so viel Kritik und Ablehnung zu ertragen hatte, sich wirklich fühlte und ob er sich den Spott sehr zu Herzen nahm. Der junge schrieb über den alten Maler: *«Ich ging oft zu Rousseau, wir waren Freunde, seine Kunst zog*

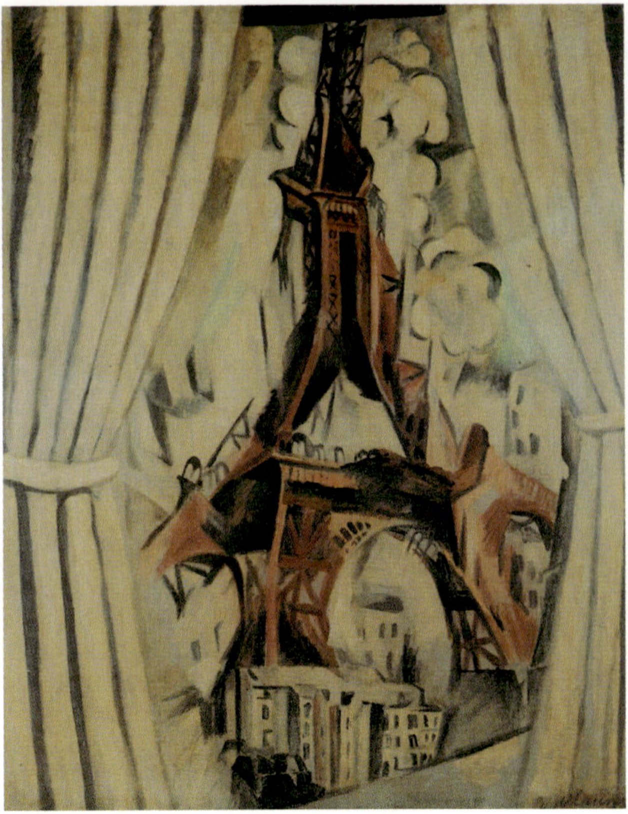

Robert Delaunay: Durchblick auf den Eiffelturm

mich an. Aber als Mensch war er geheimnisvoll, so verschlossen, dass ich nicht sicher war, ob er litt.» Delaunay gehörte übrigens zu den sieben Trauernden, die den Sarg des Freundes zum Begräbnis geleiteten.

Henri Rousseau ist trotz seiner Freundschaft mit der jungen Pariser Künstleravantgarde zu Beginn des Jahrhunderts und deren Liebe zu seiner Malerei immer ein Einzelgänger geblieben. Nach seinem Tod begeisterten sich Künstler und Kunstkenner zwar für sein Werk, aber nur wenige übernahmen unmittelbar Anregungen daraus.

Fernand Léger war der Einzige, dessen Bewunderung für Rousseau sein Werk direkt beeinflusst hat. Er hatte Rousseau 1907 durch Robert Delaunay kennengelernt und besuchte ihn seitdem häufig. Léger liebte die einfachen Menschen. Von Anfang an fühlte er sich zu dem Zöllner hingezogen. Nicht nur aus Freundschaft, sondern weil er seine eigenen künstlerischen Absichten in dessen Arbeit gespiegelt fand. Léger allerdings hatte eine gründliche Ausbildung als Maler genossen und eine klare Vorstellung, welche Ziele er mit seiner Kunst verfolgte.

1911 gründeten in Deutschland Wassily Kandinsky und Franz Marc zusammen mit anderen fortschrittlich gesinnten Künstlern die Vereinigung «Der Blaue Reiter». Ihre Gedanken zur modernen Kunst veröffentlichten sie in einem Buch mit gleich lautendem Titel. Texte und Bilder aus verschiedenen Zeitepochen und Ländern erläuterten ihre Ideen. Die Kunst des einfachen Volkes war eine wichtige Quelle für ihre eigene Kunst. Von Henri Rousseau wurden gleich mehrere Bilder in diese Schrift aufgenommen.

Fernand Léger aber bemerkte über Henri Rousseaus Einstellung zur modernen Malerei: *«Die neue Kunst, die für ihn absolut unverständlich war, hat ihn überhaupt nicht beeinflusst ... Glauben Sie mir, im tiefsten Grunde dachte er: Das einzige schöne Bild hier, das ist mein eigenes.»*

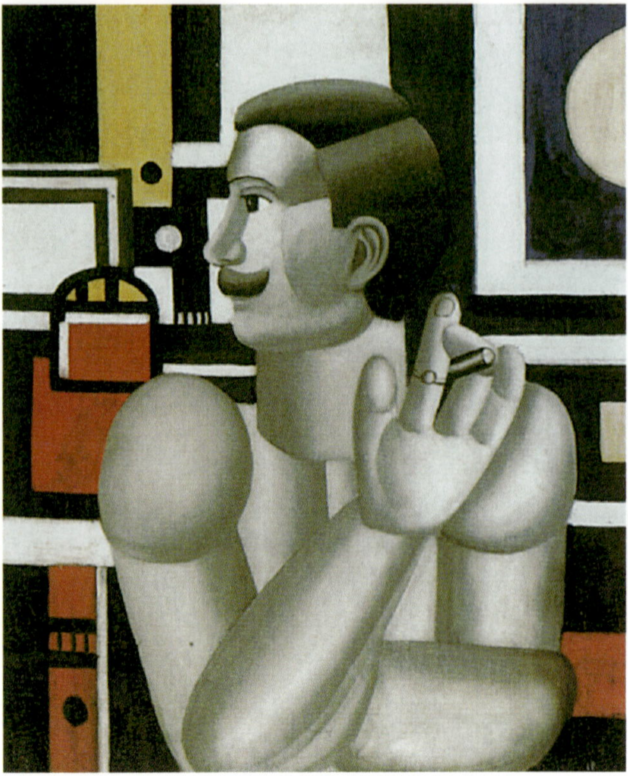

Fernand Léger: Der Mechaniker.
Ähnelt er nicht Rousseaus Pierre Loti?

Ein Bankett

Viele behaupteten, Rousseau sei nicht nur in der Malerei, sondern auch im Verhalten naiv, ja beinahe dumm gewesen. Einmal zum Beispiel täuschten ihm seine Künstlerfreunde eine Einladung zu einer Abendgesellschaft beim Präsidenten der Republik vor. Angeblich war er so gutgläubig, hinzugehen. Hinterher habe er berichtet, die Wachen hätten ihn nicht eingelassen. Als er sich aber nicht abweisen ließ, sei der Präsident höchstpersönlich gekommen und habe gesagt: «Schade, Rousseau, dass du einen einfachen Anzug trägst. Du siehst doch, alle tragen einen Abendanzug. Komm ein anderes Mal wieder!»

Wer weiß, ob Rousseau tatsächlich auf den Scherz hereingefallen war. Vielleicht stellte er sich nur naiv, um sich gegen Spott und Verletzungen zu schützen.

Dazu Apollinaire:

> *«Wenige Künstler wurden in ihrem Leben mehr verspottet als der Zöllner, und wenige Menschen setzten den Spötteleien, den Grobheiten, mit denen man sie überschüttete, mehr Gelassenheit entgegen. Dieser höfliche Alte bewahrte immer das gleiche ruhige Gemüt.»*

Rousseau freute sich über die Aufmerksamkeit, die er bei jungen Künstlerkollegen fand, auch wenn sie ihn vielleicht manchmal etwas belächelten.

Berühmt wurde eine Einladung, die Pablo Picasso zu Ehren des Zöllners gab. Er hatte bei einem Trödler ein Frauenporträt Rousseaus gekauft.

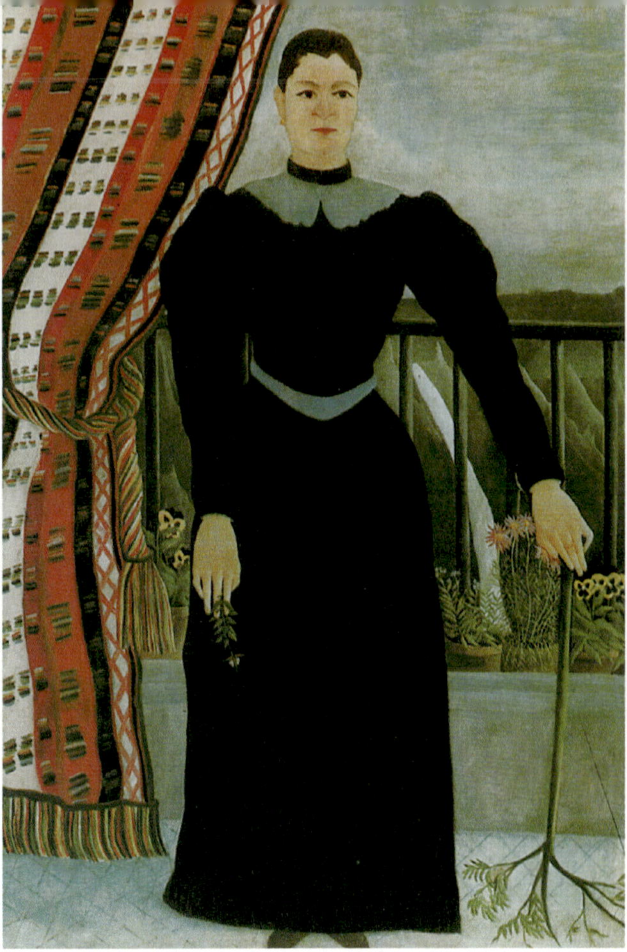

Rousseaus Porträt einer Frau. Picasso kaufte das Bild.

Er musste bloß fünf Franc bezahlen, weil das Bild nach Meinung des Händlers völlig wertlos war. Nur den Rahmen könne man noch verwenden.

Zur Feier des Neuerwerbs wollte Picasso ein richtiges Bankett geben. Er bat alle seine Freunde und Rousseau, den Ehrengast, in sein Atelier, das Bateau-Lavoir – das «Waschboot» – am Montmartre, dem Künstlerviertel. Dieses Holzhaus, das seinen Namen bekam, weil es aussah wie ein Boot («bateau» ist das französische Wort dafür) genießt längst einen legendären Ruf. Denn dort malte Picasso Bilder, die die Kunst auf ganz neue Wege führten und die seinen Weltruhm begründen sollten.

Berühmte Gäste

Um das «Banquet Rousseau» ranken sich viele Geschichten. Die Teilnehmer gaben unterschiedliche Berichte darüber ab. Fernande Olivier, Picassos damalige Freundin, sah darin einen großen Ulk auf Kosten des Zöllners, eine willkommene Gelegenheit, ihn «gehörig aufzuziehen». Andere Zeugen des Festes widersprachen energisch und nannten Fernandes Bericht eine Verleumdung.

Die Liste berühmter Gäste liest sich wie eine Liste der «Großen» der modernen Kunst und Literatur. Es kamen Apollinaire und seine Lebensgefährtin, der Dichter Max Jacob und die Schriftstellerin Gertrude Stein, zwei bedeutende Kunstschriftsteller, der Maler Georges Braque, dazu wunderschöne Frauen und angeblich drei Kunstsammler, die extra aus Hamburg, San Francisco und New York angereist waren. Das war wohl wirklich ein Scherz. Zunächst gab es einen Apéritif im Café nebenan. Dann versammelten sich alle in Picassos Atelier. Unter Rousseaus Frauenporträt und einem Spruchband mit der Aufschrift «Rousseau zu Ehren!» war aus Tischböcken und Brettern eine Tafel aufgebaut. Säulen und Zimmerdecke waren mit Blättern dekoriert, Lampions sorgten für festliche Beleuchtung. Für Rousseau hatte Picasso einen erhöhten Thronsitz aus einem Stuhl auf einer Kiste errichtet.

Maurice Raynal hat den Abend so erlebt:

> «Mitten im Tumult klopfte es leise an die Tür. Sofort verstummte der Lärm. Ganz still wurde es. Als man öffnete, trat der Zöllner mit seinem weichen Filzhut auf dem Kopf ein, den Spazierstock in der Rechten, die Geige in der Linken. Es war dies gewiss eines der rührendsten Bilder Rousseaus. Er sah sich um, die leuchtenden Lampions entzückten ihn, sein Gesicht wurde heiter. Um neun Uhr war alles bereit, alles, außer dem Essen. Aus noch unbekannten Gründen fiel es dem Essen, das der Gastgeber immerhin bei einem Traiteur bestellt hatte, ein, nicht zu erscheinen. Man wartete eine Stunde, zwei Stunden, aber umsonst. Erst nach drei Stunden und zwanzig Minuten kam es dem Gastgeber in den Sinn, dass er sich bei der Bestellung im Datum geirrt hatte. Tatsächlich wurde das Essen zwei Tage später geliefert.»

Jeder sei dann losgezogen, etwas Essbares zu finden. Zum Wein aus dem großen Vorrat Picassos habe man Ölsardinen gegessen.

Jedenfalls wurde fröhlich geplaudert, getanzt und gesungen. Alle waren bester Laune. Rousseau spielte auf der Geige den Walzer «Clémence» und andere Kompositionen aus seiner Feder. Jemand trällerte:

«Das ist die Malerei
von diesem Herrn Rousseau,
der bändigt die Natur
mit seinem prächtigen Pinsel.»

Vollends gerührt war Rousseau, als Apollinaire feierlich ein Gedicht auf ihn vortrug:

«Erinnerst du dich, Rousseau, ans Land der Azteken,
Die Wälder, wo Ananas wächst und die Mangofrucht?
Wo Affen vergießen das rötliche Blut der Pasteken,
Der blonde Kaiser erschossen ward, den sie gesucht?

Du bannst im Bild, was du sahest in Mexiko –
Die rote Sonne im grünen Laub der Bananen,
Vertauschtest das Kleid des tapfren Soldaten, Rousseau,
Hernach mit dem blauen Rock des braven Douanen.

Das bittere Schicksal raubte, was dir noch blieb.
Die Kinder verlorst du. Es starben dir auch die Frauen.
Da wurde die Kunst dir wie eine Freundin lieb –
Als Kinder darfst du nun deine Bilder anschauen.

Wir haben uns hier, deinen Ruhm zu feiern, vereint.
Picasso kredenzt dir zu Ehren den Wein, und froh
Erklinge der Ruf – er ist gut und ehrlich gemeint –
Wir alle rufen im Chor: Hoch lebe Rousseau!

Ruhmreicher Maler der mächtigen Republik,
Dein Name wurde zum Symbol der Freien,
Der Unabhängigen, die deinem Sieg
Ein Bildnis aus weißem, pentelischem Marmor weihen.

Erhebt euch, Freunde, und lasst die Gläser erklingen!
Wir sind Franzosen und halten es gerne so!
Die schwarzen Sorgen verscheucht, die uns manchmal umringen!
Ich trinke auf seine Gesundheit, auf meinen Rousseau!»

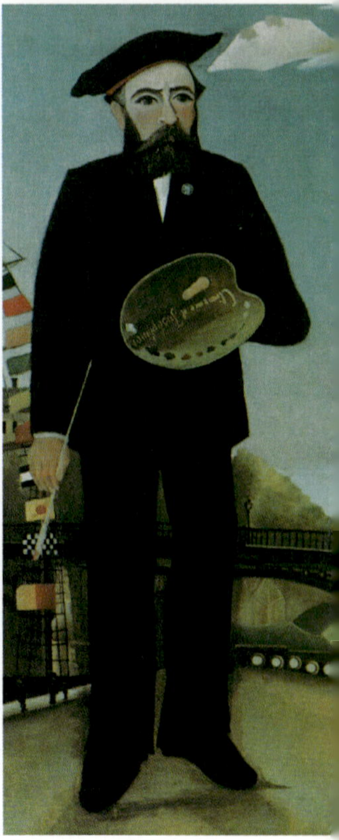

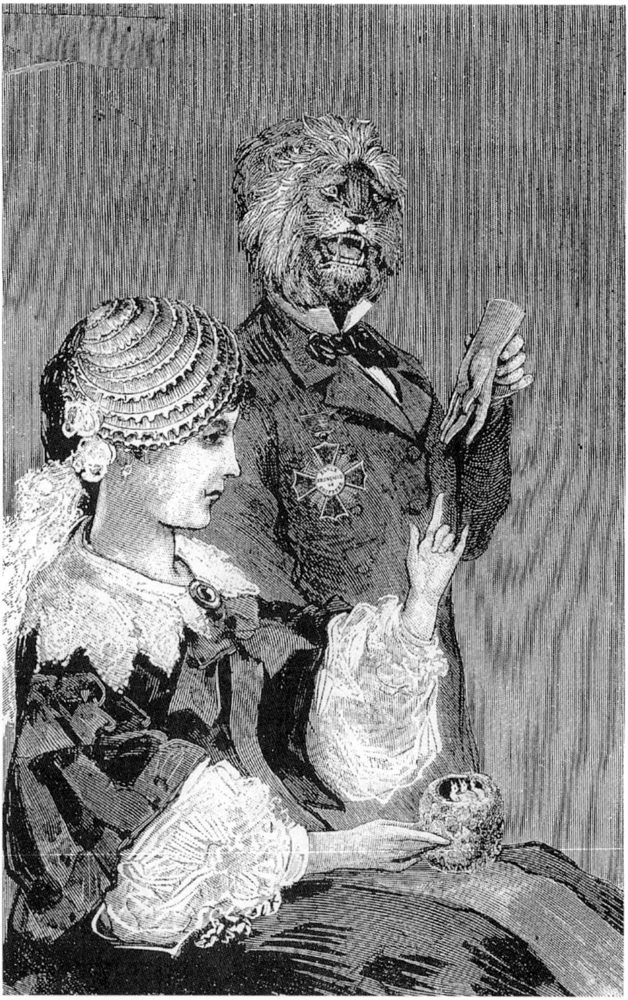

Max Ernst collagierte dieses seltsame Paar.

Traum und Wirklichkeit

1924 veröffentlichte die Gruppe von Schriftstellern und Malern, die sich «Surrealisten» nannten, in Paris ihr künstlerisches Programm. Das französische Wort «sur» heißt so viel wie «über». Mit «Surrealität» ist also das gemeint, was über die handfeste, mit der Vernunft begreifbare Wirklichkeit hinausgeht. Die Surrealisten wollten keine langweilige Realität in Bildern oder in Worten schildern, sondern in das Reich des Traums und des Unbewussten vorstoßen. Sie kombinierten Dinge und Figuren im Bild, die normalerweise nicht zueinander passen, ähnlich wie im Traum. Dort begegnen sich auch plötzlich Geschehnisse, Gegenstände und Personen, die im wachen Zustand niemals zusammentreffen. Die Surrealisten suchten so das Fremdartige, Überraschende, Ungewöhnliche

Max Ernst: Die Lebensfreude

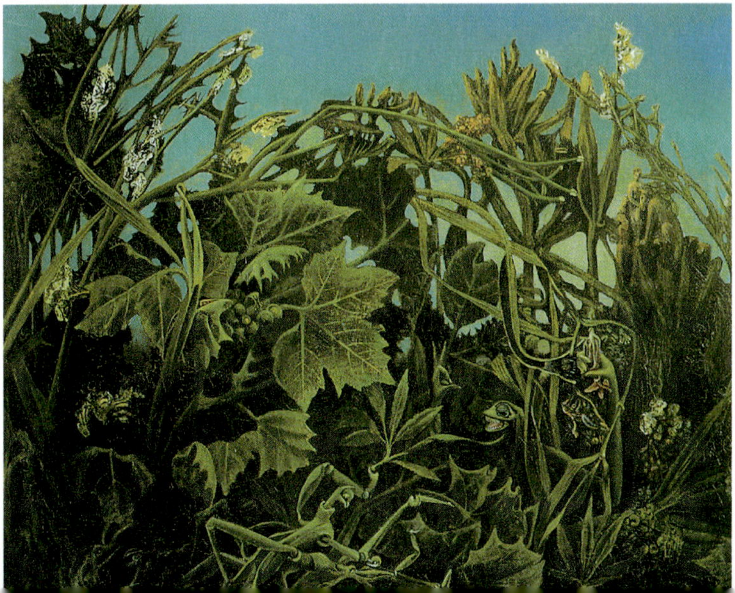

und Geheimnisvolle in den Dingen. Ähnlich wie Rousseau trugen sie die Farbe mit feinem Pinsel glatt auf und malten alle Formen haargenau aus.

Die Surrealisten waren von den eigentümlichen Bilderfindungen «Vater Rousseaus», wie sie ihn nannten, fasziniert. Besonders mochten sie Yadwigha auf ihrem roten Kanapee – und «Die schlafende Zigeunerin». Dieses rätselhafte Werk erschien ihnen als Inbegriff all dessen, was sie selbst mit ihren Bildern sagen wollten. Das Gemälde bleibt unerklärlich, sein Geheimnis ist nicht zu lösen. Auch die Bilder der Surrealisten erzählen keine logischen Geschichten und wollen so den Zauber des Unerklärlichen bewahren. Die Augen der schlafenden Zigeunerin sind halb geschlossen. Sie sieht nicht, was in der Realität um sie herum passiert, sondern schaut nach innen, auf ihren Traum.

So wollten es auch die Surrealisten. Nicht die äußere Realität interessierte sie, sondern der Blick ins verborgene Unbewusste des Menschen, der «Blick nach innen».

Einer von ihnen, Max Ernst, malte viele Jahre nach Rousseaus Tod eine Reihe von Wandbildern, die an die berühmten Dschungel des Zöllners erinnern. Seine Urwaldgewächse sind ebenso genau dargestellt wie die Rousseaus und wuchern beinahe noch üppiger. Im Blätterteppich verstecken sich allerdings keine Raubkatzen, sondern garstige Insektenungeheuer.

Zöllner und Zauberer

Rousseau wünschte sich so sehr, malen zu können wie die inzwischen längst vergessenen Salonmaler. Wollte er nur ebensolche Anerkennung oder war es naive Bewunderung für die handwerkliche Meisterschaft dieser Künstler? Wurde er etwa ganz gegen seinen Willen von den «Modernen» als Vaterfigur in Anspruch genommen?

Rousseaus Malweise wird oft «naiv» genannt. Sie ist teilweise vielleicht wirkliches technisches Unvermögen. Ähnliches findet sich auch bei anderen Künstlern.

Edward Hicks: Das Reich des Friedens

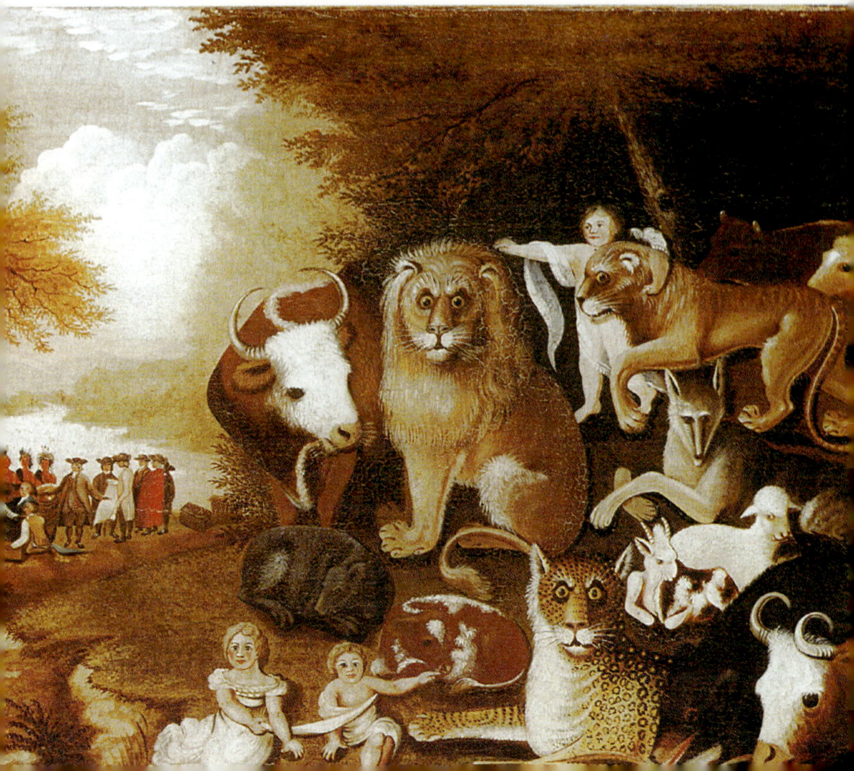

Gerade dieses angebliche Unvermögen betont die Stille, das traumhaft Unwirkliche seiner Bilder und macht ihren Zauber aus.

«Die schlafende Zigeunerin» ist ein wunderbares Beispiel.

Der Löwe ist von der Seite gesehen, damit er sich wuchtig und furchterregend vom schimmernden Blau des Himmels abhebt. Umso rätselhafter erscheint es, dass er die Schläferin nicht angreift. Er hält die Vorderbeine in Ruhestellung, die hinteren abwartend, aufmerksam eines vor das andere gesetzt und den Schweif waagerecht erhoben. Dämonisch und sanft zugleich berührt die friedliche Raubkatze das Tuch der Schlafenden.

Auf die ausgestreckte Wanderin fällt der Blick des Betrachters von oben. Aus dieser Perspektive kann der Maler am besten zeigen, wie entspannt sie schläft. Die Füße fallen locker nach den Seiten, der Kopf ruht auf dem darunter geschobenen Arm. Man schaut ihr direkt ins Gesicht mit den herabgesunkenen Lidern. Die nur halb geschlossenen Augen und das Lächeln können bedeuten, dass sie träumt und der Löwe vielleicht nur ein Traumbild ist. Oder ist sie eine Zauberin, die das wilde Tier beschwören und bannen kann? Ist der Wanderstock Stab einer Magierin? Sie hält ihn mit angewinkeltem rechtem Arm, der den Löwen abwehrt und ihren Körper schützt. Der kleine Finger der Rechten ist merkwürdig ausgestreckt – wie bei einer Beschwörungsgeste.

Waagerechte Linien und Formen im Bild vermitteln dem Auge den Eindruck von Ruhe. Fast waagerecht, nur ganz leicht in die Diagonale verschoben, ist die Figur der Schlafenden auf der Leinwand angeordnet. In derselben Richtung verlaufen die Längsstreifen ihres Kleides. In parallel gelegten Falten umhüllt der Stoff ihren Körper und das Tuch ihren Kopf. Nur der Arm kreuzt im rechten Winkel diese Linien, die sogar vom Stab und weiter unten von den Saiten der Mandoline aufgenommen werden. Niemals würde eine Schlafende wirklich so liegen. Hätte Rousseau aber ihre Gestalt «realistisch» wiedergegeben, hätte er die seltsame Beziehung zwischen dem Raubtier und der Frau nicht ausdrücken können. «Die schlafende Zigeunerin» wäre ohne Geheimnis gewesen.

Nichts ist überflüssig, nichts dürfte hinzugefügt werden.

Jemand, der sein Bild so vollendet «komponieren» kann, ihm eine so geheimnisvolle Ausstrahlung verleiht, der ist mehr als ein «naiver Sonntagsmaler». Rousseau selbst glaubte, es sei ein Unglück für ihn gewesen, nicht an der Akademie Malerei studiert zu haben. Vielleicht aber hätten ihm alle technischen Tricks und Regeln der Akademie den Blick für das Wesentliche verstellt und er wäre zum heute längst vergessenen «Salonmaler» geworden.

Nächste Seite: Die schlafende Zigeunerin

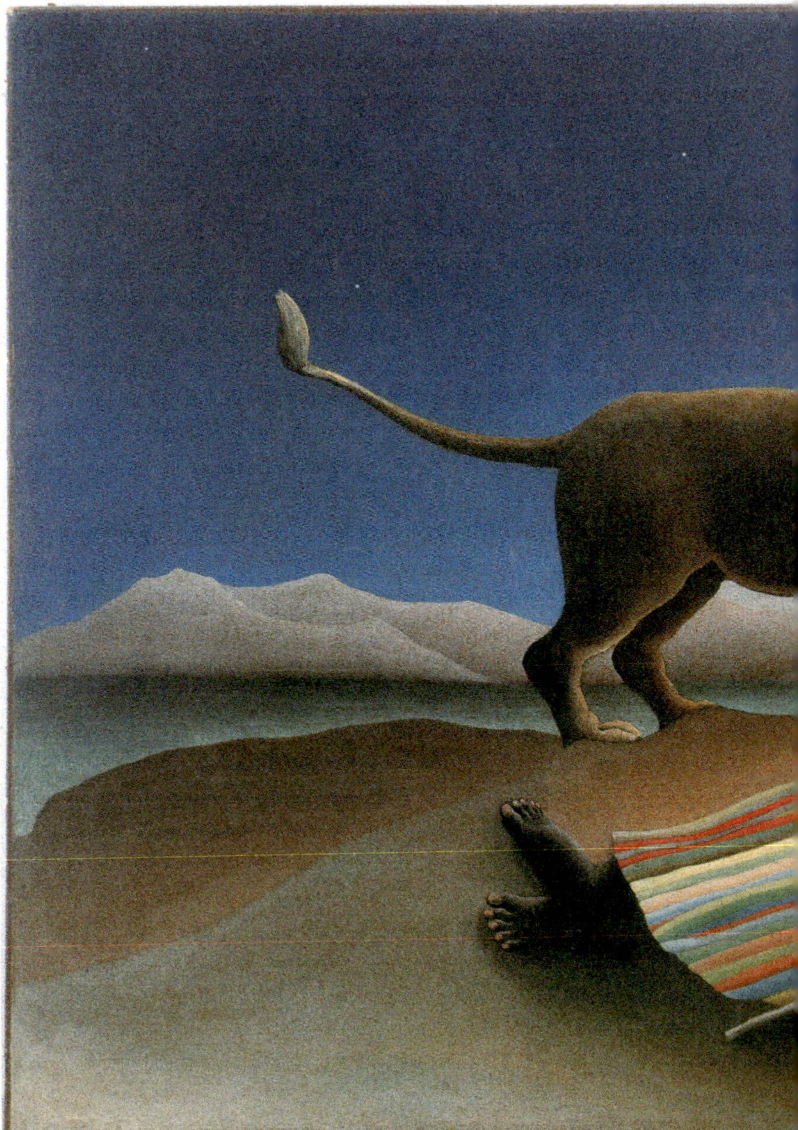

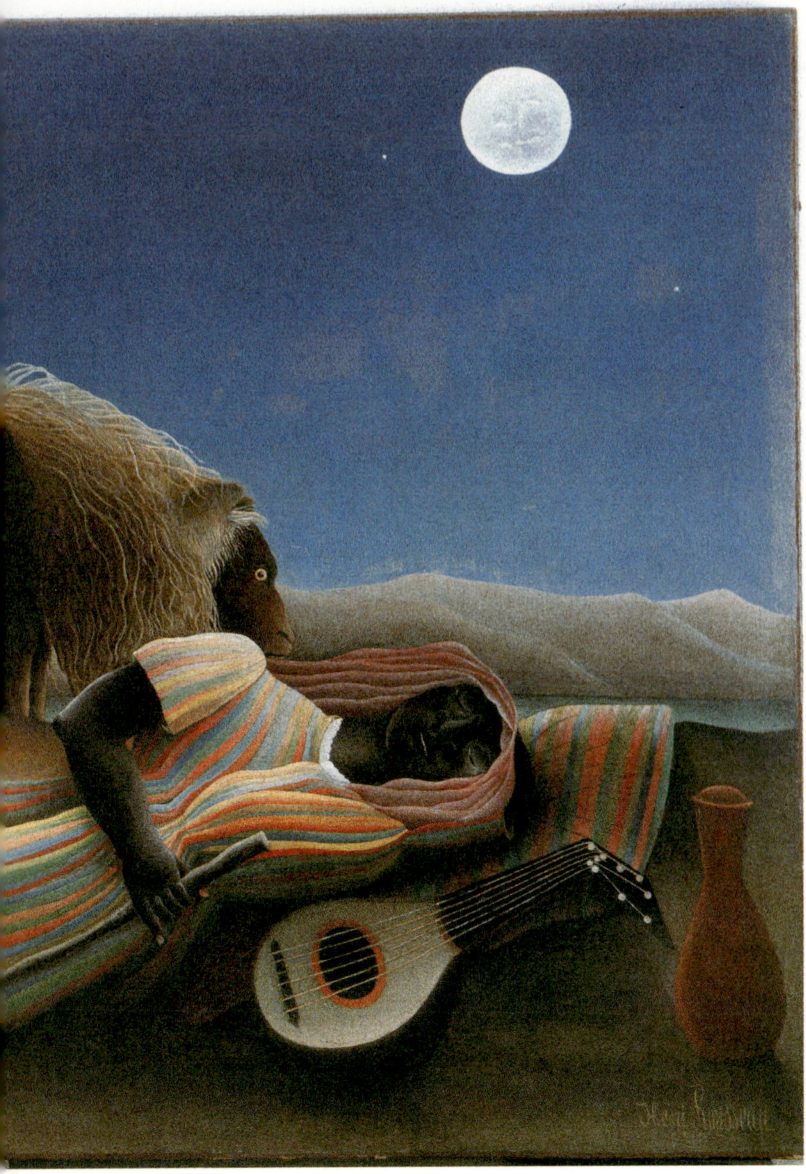

ZEITTAFEL

1844	Am 21. Mai wird Henri Julien Félix Rousseau in der bretonischen Stadt Laval geboren.
1850–1860	Rousseau besucht das Lyzeum von Laval. Als seine Familie in die Umgebung des Städtchens zieht, kommt er in das Internat des Lyzeums.
1863	Er arbeitet im Büro eines Anwalts in Angers. Wegen kleiner Veruntreuungen wird er zu einer Gefängnisstrafe von einem Monat verurteilt. Um ihr zu entgehen, meldet er sich für sieben Jahre freiwillig zur Armee.
1868	Rousseaus Vater stirbt. Mit der Begründung, seine Mutter unterstützen zu müssen, reicht Henri Rousseau seinen Abschied bei der Armee ein.
1869	Hochzeit mit Clémence Boitard. Nach einer Tätigkeit als Angestellter bei einem Gerichtsvollzieher wird Rousseau Beamter beim Pariser Stadtzoll.
1870	Rousseau ist für zwei Monate Soldat, nimmt aber nicht an Gefechten teil.
1876	Geburt der Tochter Julia, dem einzigen der Kinder Rousseaus, das seinen Vater überleben wird.
1879	Geburt seines Sohnes Henri-Anatole.
1884	Er erhält eine Kopistenkarte für die Staatlichen Museen in Paris.
1886	Rousseau tritt mit seiner Teilnahme am «Salon der Unabhängigen» zum ersten Mal mit seiner Kunst an die Öffentlichkeit
1888	Tod seiner Frau Clémence.
1889	Weltausstellung in Paris.

1893 Rousseau quittiert seinen Dienst beim Zoll und widmet sich nur noch der Malerei. Er lernt den jungen Schriftsteller Alfred Jarry kennen.

1897 Rousseaus Sohn Henri-Anatole stirbt. «Die schlafende Zigeunerin» wird im «Salon der Unabhängigen» ausgestellt.

1898 Heirat mit Joséphine Noury, verwitweter Tensorer.

1900 Er gibt Musik- und Malunterricht.

1901 Rousseau wird Zeichenlehrer an der «École Philotechnique» in seinem Wohnviertel.

1903 Tod seiner zweiten Frau Joséphine.

1904 Rousseaus Walzerkomposition «Clémence» wird veröffentlicht.

1905 Im «Herbstsalon» stellt Rousseau sein großes Bild «Der hungrige Löwe» aus, von dem eine Reproduktion in der Zeitschrift «L'Illustration française» erscheint.

1906 Alfred Jarry macht ihn mit Apollinaire bekannt.

1907 Rousseau wird wegen Betrugs verhaftet, aber wieder auf freien Fuß gesetzt. Er schließt Freundschaft mit dem Künstler und Sammler Wilhelm Uhde und mit dem Maler Robert Delaunay.

1908 Pablo Picasso gibt in seinem Atelier ein Festessen zu Ehren Rousseaus.

1909 Verurteilung Rousseaus zu zwei Jahren Gefängnis mit Bewährung und 200 Franc Geldstrafe. Seine Bilder finden immer mehr Interesse. Wilhelm Uhde organisiert für ihn eine Einzelausstellung bei einem Möbelhändler. Der Maler verliebt sich unglücklich in die vierundfünfzigjährige Léonie.

1910 Letzte Teilnahme am «Salon der Unabhängigen» mit dem Bild «Der Traum der Yadwigha».
Henri Rousseau stirbt am 2. September an einer Blutvergiftung.

Bildmaterial

S. 8 / 9	Henri Rousseau, Die schlafende Zigeunerin, 1897, Öl auf Leinwand, 129,5 × 500,7 cm, The Museum of Modern Art, New York
S. 15	Henri Rousseau, Ich-Selbst, Porträt-Landschaft, 1890, Öl auf Leinwand, 143 × 110 cm
S. 16 / 17	Piero della Francesca, Herzog Federigo da Montefeltro und seine Gemahlin Battista Sforza, nach 1472
S. 17	Vincent van Gogh, Selbstbildnis mit Palette und Pinseln, 1889, Öl auf Leinwand, 57 × 43,5 cm
S. 18	Weltausstellung Paris 1889, Der Eiffelturm mit Blick auf den Trocadéro, Fotografie
S. 19	Honoré Daumier, Nadar erhebt die Fotografie zur Kunst, Lithographie, 27 × 22 cm
S. 20	Rembrandt van Rijn, Selbstbildnis mit Barett, 1640
S. 21	Henri Rousseau, Das Zollamt, um 1890, Öl auf Leinwand, 37,5 × 32,5 cm
S. 23	Henri Rousseau, Porträts von Henri und Clémence Rousseau, um 1884, Öl auf Leinwand, 20 × 16 cm und 17,5 × 16,5 cm
S. 25	Henri Rousseau, Gegenwart und Vergangenheit, vor 1890, übermalt nach 1899, Öl auf Leinwand, 84 × 47 cm
S. 26	Rousseau als junger Mann, Fotografie
S. 30	Walzerkomposition «Clémence», Titelseite, vor 1899, veröffentlicht 1904

S. 31	Freunde mit Henri Rousseau, Fotografie
S. 35	Henri Rousseau, Selbstbildnis, Radierung nach der Fotografie
S. 38	Camille Pissarro, Avenue de l'Opéra, 1898, Öl auf Leinwand
S. 40	Henri Rousseau, Die Brücke von Sèvres, 1908, Öl auf Leinwand, 81 × 120 cm
S. 41	Henri Rousseau, Vue de Malakoff (Skizze), 1908, Öl auf Leinwand, 19 × 26 cm
S. 42	Henri Rousseau, Vue de Malakoff, 1908, Öl auf Leinwand, 46 × 55 cm
S. 44	Tänzerinnen aus Java, Foto von der Kolonialausstellung 1889 in Paris
S. 46	Eugène Delacroix, Der Sultan von Marokko Muley Abder-Rahman und sein Gefolge vor dem Palast in Meknès, 1845, Öl auf Leinwand, 384 × 343 cm
S. 47	Jean Auguste Dominique Ingres, Das Türkische Bad, 1862, Öl auf Leinwand, Durchmesser 108 cm
S. 48	Jean-Léon Gérôme, Les deux Majestés
S. 49	Félix Clément, Marchande d'oranges égyptienne, 1872, Öl auf Leinwand
S. 50	Henri Rousseau, Porträt Pierre Loti, 1891–92, Öl auf Leinwand, 61 × 50 cm
S. 51	Pierre Loti in Konstantinopel, 1904, Fotografie
S. 54	Paul Gauguin, Contes barbares, 1902, Öl auf Leinwand, 130 × 89 cm
S. 56 / 57	Henri Rousseau, Der Traum, 1910, Öl auf Leinwand, 204,5 × 298,5 cm
S. 60	Henri Rousseau, Ein Abend im Karneval, 1886, Öl auf Leinwand, 106,9 × 89,3 cm

S. 61 Henri Rousseau, Spaziergang im Wald, 1886, Öl auf Leinwand, 70 × 60,5 cm
S. 62 Henri Rousseau, Exotische Landschaft, 1908, Öl auf Leinwand, 116 × 89 cm
S. 64 / 65 Henri Rousseau, Überrascht! – Sturm im Dschungel, 1891, Öl auf Leinwand, 130 × 162 cm
S. 68 Wandteppich aus der Serie «Die Dame mit dem Einhorn», 1480–1490, 310 × 330 cm
S. 69 Henri Rousseau, Kundschafter, von einem Löwen angegriffen, ausgestellt 1904, Öl auf Leinwand, 120 × 160 cm
S. 70 Paolo Uccello, Der heilige Georg und der Drache, um 1456, Öl auf Leinwand, 56,5 × 74 cm
S. 71 Eugène Delacroix, Inderin, von Tiger zerrissen, 1856, Öl auf Leinwand, 51 × 61,3 cm
S. 72 Henri Rousseau, Kampf zwischen Gorilla und Indianer, 1910, Öl auf Leinwand, 114 × 162 cm
S. 72 Titelblatt des Albums «Bêtes Sauvages», Sonderausgabe der Galéries Lafayette
S. 73 Eingang zu Rousseaus Atelier in der Rue de Perrel, Fotografie
S. 73 Rousseau im Atelier, Fotografie
S. 76 P. A. Martini, Salon de Louvre, 1785
S. 78 Claude Monet, Der Bahnhof St-Lazare, Paris, 1877, Öl auf Leinwand, 82,5 × 101 cm
S. 79 Paris, Denkmal des Löwen von Belfort, Postkarte
S. 81 Henri Rousseau, Die Freiheit lädt die Künstler zur Teilnahme an der 22. Ausstellung der Unabhängigen ein, 1906, Öl auf Leinwand, 175 × 118 cm
S. 82 Henri Rousseau, Der hungrige Löwe, 1905, Öl auf Leinwand, 210,5 × 310,5 cm

S. 83	Henri Matisse, Der Golf von Saint-Tropez, 1904, Öl auf Leinwand, 65 × 50,5 cm
S. 88	Henri Rousseau, Der Krieg, 1893, Öl auf Leinwand, 114 × 195 cm
S. 89	Henri Rousseau, Der Krieg, Lithographie, veröffentlicht im Januarheft der Zeitschrift «L'Ymagier»
S. 92	Henri Rousseau, Die Muse inspiriert den Dichter (2. Fassung), 1909, Öl auf Leinwand, 146 × 97 cm
S. 94	Georges Braque, Die Musikinstrumente, 1908, Öl auf Leinwand, 50 × 61 cm
S. 95	Pablo Picasso, Die Badenden, 1918, Öl auf Leinwand
S. 96	Henri Rousseau, Die Ballspieler, 1908, Öl auf Leinwand, 100,5 × 80,3 cm
S. 97	Madame Delaunays Salon, Fotografie
S. 98	Henri Rousseau, Die Schlangenbeschwörerin, 1907, Öl auf Leinwand, 1907, 169 × 189 cm
S. 101	Robert Delaunay, Durchblick auf den Eiffelturm, 1910, Öl auf Leinwand, 116 × 97 cm
S.103	Fernand Léger, Der Mechaniker, 1918, Öl auf Leinwand, 65 × 54 cm
S. 105	Henri Rousseau, Porträt einer Frau, ca. 1895, Öl auf Leinwand, 160 × 105 cm
S. 110	Max Ernst, Collage aus dem Collageroman «Une semaine de bonté», 1934
S. 111	Max Ernst, Die Lebensfreude, 1936, Öl auf Leinwand, 73,5 × 93 cm
S. 113	Edward Hicks, Das Reich des Friedens, um 1833, Öl auf Leinwand, 61 × 81,3 cm
S. 116 / 117	Henri Rousseau, Die schlafende Zigeunerin, 1897, Öl auf Leinwand, 129,5 × 500,7 cm

Textmaterial

Zu Henri Rousseau:

Lise und Otto Béhalij-Mérin, Henri Rousseau, Köln 1976
Jean Bouret, Henri Rousseau, München 1963
Carolyn Keay, Henri Rousseau, London 1976
Henri Perruchot, Henri Rousseau. Eine Biographie, Esslingen 1957
Susanne Pfleger, Henri Rousseau – Traumreise in den Dschungel, München / New York 1997
Yann le Pichon, Le Monde Du Douanier Rousseau, Genf 1972
Werner Schmalenbach, Henri Rousseau: Träume vom Dschungel, München / New York 1998
Cornelia Stabenow, Henri Rousseau, Köln 1991
Wilhelm Uhde, Henri Rousseau, Paris 1911
Dora Vallier, Henri Rousseau, Köln 1961
Dora Vallier, Tout l'œuvre peint de Henri Rousseau, Paris 1970
Christian Zervos, Rousseau, Paris 1927
Klaus Werner, Henri Rousseau, Berlin 1987

Le Douanier Rousseau, Katalog der Ausstellung im Grand Palais, Paris, und im Museum of Modern Art, New York 1984 / 85. Mit Beiträgen von Roger Shattuck, Henri Béhar, Michael Hoog, Carolyn Lanchner, William Rubin

Zu Paris und zur Weltausstellung:

Gabriele Wittkop, Justus Franz Wittkopp, Paris. Prismen einer Stadt, Zürich 1978

Weltausstellungen im 19. Jahrhundert. Katalog der Ausstellung in der Neuen Sammlung, Staatliches Museum für angewandte Kunst, München 1973. Mit Texten von Christian Beutler und einem Beitrag von Günter Metken

Absolut modern sein: zwischen Fahrrad und Fließband – culture technique in Frankreich 1889 – 1937, Katalog zur Ausstellung der Neuen Gesellschaft für Bildende Künste e. V. in der Staatlichen Kunsthalle Berlin, Berlin 1986

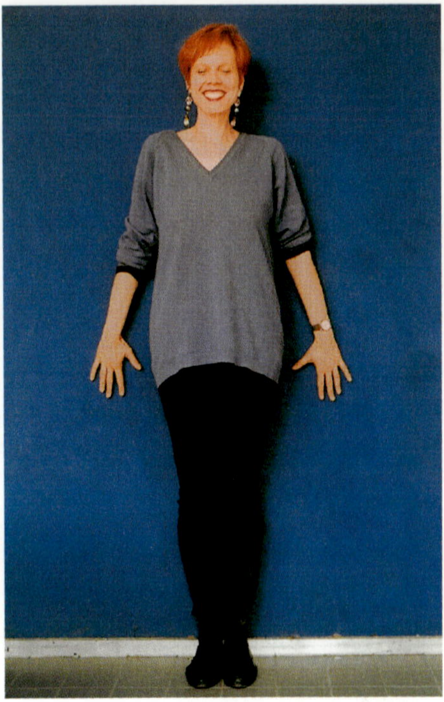

ANGELA WENZEL,

geboren 1955 in Herford/ Westfalen. Studium der Malerei und Graphik an der Kunstakademie Düsseldorf, Abteilung Münster; Studium der Kunstgeschichte, Philosophie, Pädagogik und Geschichte an der Universität Münster.
Seit 1991 wissenschaftliche Mitarbeiterin in der Abteilung Bildung und Kommunikation der Kunstsammlung Nordrhein-Westfalen, Düsseldorf.
Veröffentlichung von Kinderbüchern über René Magritte, Franz Marc und August Macke.

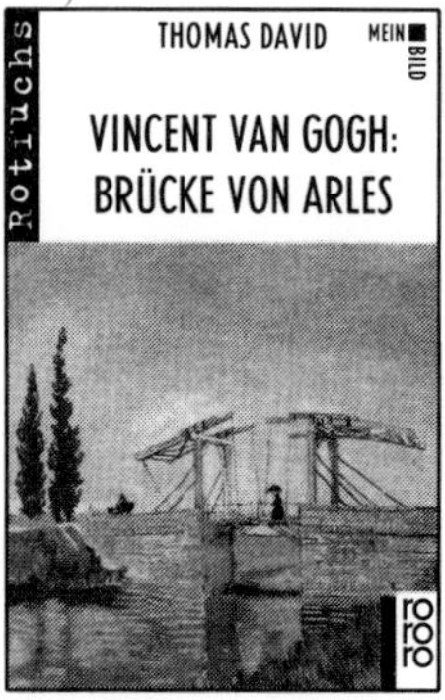

Vincent van Gogh (1853–1890) rebelliert gegen die Enge und Strenge traditioneller Malerei. Begeistert und inspiriert von japanischen Holzschnitten, erfindet er einen völlig neuen expressiven Malstil. Fasziniert von der «reinen Farbe», von Leidenschaft und der glühenden Sonne der Provence, malt er dort die BRÜCKE VON ARLES.
Thomas David zeichnet mit diesem Bild das Leben des großen Malers der Moderne nach.
L *(Band 842/DM 16,90/öS 123,–/sFr 16,00/ab April 98)*

NEU!

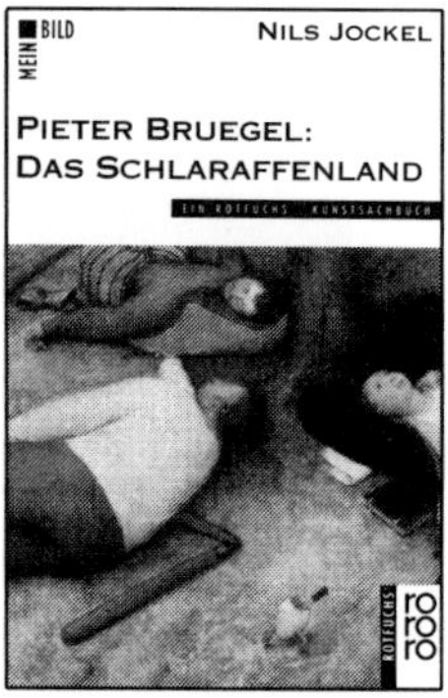

Durch Berge aus Hirsebrei, vorbei am verlockenden Wurstgezäun führt diese Kunstreise durchs Schlaraffenland. Da fließen Milch und Honig, da laufen Eier auf Beinen umher und die Schweine tragen das Essbesteck zwischen den Rippen. – Nils Jockel leitet diese Expedition ins 16. Jahrhundert mit Witz, Kenntnis und Lust auf Abenteuer.
Bestenliste Saarländischer Rundfunk
L *(Band 780/DM 16,90/öS 125,–/sFr 16,00)*

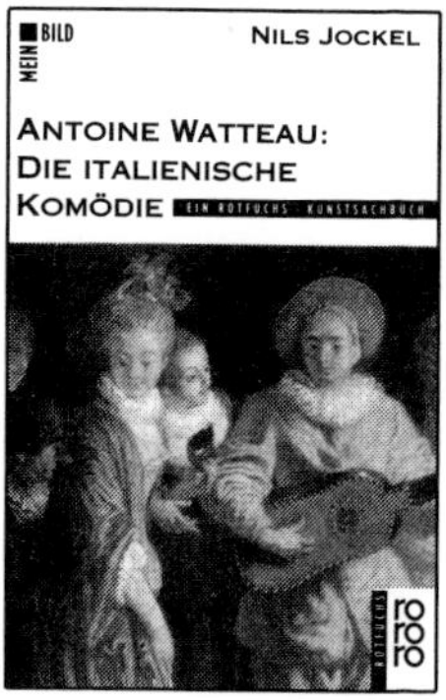

Antoine Watteau, französischer Maler des Rokoko, gibt mit der «Italienischen Komödie» einen Spiegel seiner Zeit: der Welt geistreicher Maskeraden und schillernder Komödien. Mit Witz, Tempo und Purzelbäumen lässt Nils Jockels den Harlekin die Figuren der Commedia dell'Arte, das Theater am Hof und den genialen Watteau vorstellen.
L *(Band 782/DM 16,90/öS 125,–/sFr 16,00)*

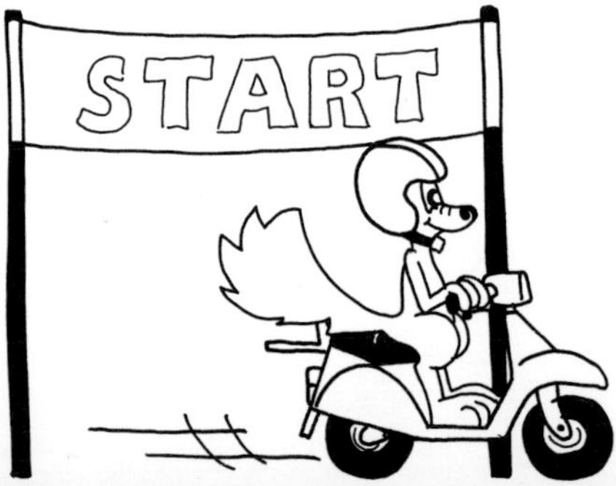